无界文库

032

Les Rêveries du promeneur solitaire

一个孤独漫步者的遐想

Jean-Jacques Rousseau

［法］让 - 雅克·卢梭 著

袁筱一 译

中信出版集团 | 北京

图书在版编目（CIP）数据

一个孤独漫步者的遐想 /（法）让 - 雅克·卢梭著；
袁筱一译 . -- 北京：中信出版社，2025.7. --（无界
文库）. -- ISBN 978-7-5217-7781-9

Ⅰ . I565.64

中国国家版本馆 CIP 数据核字第 2025K8N477 号

一个孤独漫步者的遐想
（无界文库）

著者： [法]让 - 雅克·卢梭
译者： 袁筱一
出版发行：中信出版集团股份有限公司
　　　　　（北京市朝阳区东三环北路 27 号嘉铭中心　邮编　100020）
承印者： 嘉业印刷（天津）有限公司

开本：787mm×1092mm 1/32　　印张：9　　　字数：120 千字
版次：2025 年 7 月第 1 版　　　印次：2025 年 7 月第 1 次印刷
书号：ISBN 978-7-5217-7781-9
　　　　　　　　　　定价：29.00 元

目 录

中译本序

袁筱一

据说这是卢梭的最后一部作品——《漫步之十》，写于1778年4月12日，后来就没有继续下去（是不愿呢，还是不能？），到7月卢梭猝然去世，一直都还是这么两张纸，戛然中断而没有余音。换了现在的流行方式，在书店门口竖一张蜡黄的纸板，写着谁谁谁的遗作，照例不太好看的黑字，也很有触目惊心的效果，惊的是好奇心。

中国古话里说，鸟之将死，其鸣也哀。大概

是这个缘故，评论界一向把《一个孤独漫步者的遐想》视为卢梭临终的善言。"我烦躁，我愤怒，这使我沉湎于一种谵妄之中达十年之久。"如果我们相信卢梭的话，他是在写这十篇遐想的时候才"重新找回了灵魂的安宁"。十篇漫步没有一定的顺序，也没有一定的体例，连确切的写作时间都无从考据。就在这种状况下，这十篇漫步成了卢梭"最富特色"的作品。

善言的卢梭是冷静的："于是我只剩下一件事可做了，我终于决定服从命运的安排，再不与这定数相抗了。"（《漫步之一》）

善言的卢梭是感人的：他对命运的服从虽脱不了无奈却很有高尚的意味。"上帝是公正的，他希望我忍受苦难，并且他知道我是无辜的。这就是我信心不灭的动力，我的心、我的理性告诉我，我没有错。"（《漫步之二》）

善言的卢梭是坚决的："我的思想正处在前所未有的最稳定的境况中，躲在良心的保护伞下，渐渐习惯了安居的日子。外界的任何理论，旧的也罢，新的也罢，再也无法使之发生动摇，再也无法扰乱它的片刻安宁。"（《漫步之三》）

善言的卢梭是明哲的：在对谎言的问题进行了一番思考后，他说："梭伦的那句名言的确适用于任何年纪。学会智慧、诚实、谦逊，学会不高估自己……是永远也不会嫌晚的。"（《漫步之四》）

善言的卢梭是纯稚的：他会带上一群人浩浩荡荡地将一窝兔子送到小岛上去，为它们建立一个小小的殖民地，"风光可不亚于阿尔戈号船员的领队"。（《漫步之五》）

善言的卢梭是坦然的："无论他们再怎么做都是徒劳，我对他们的反感永远也不会发展为强

烈的嫌恶。想到他们为了拴住我,自己也不得不处处受到我的牵制,我真是很可怜他们。"(《漫步之六》)

善言的卢梭是悠闲的:他将余暇投入对植物学的爱好之中,"要将穆莱的《植物界》熟记在心,并且认遍世上所有的植物"。(《漫步之七》)

善言的卢梭是警醒的:"自尊对于骄傲的灵魂来说,是最大的动力;而自负,因为容易让人产生幻觉,乔装改扮一下,一不小心就会被误认为是自尊……"(《漫步之八》)

善言的卢梭是温良的:谁都无法不为他的种种作为而感动,他出钱让寄宿学校的小女孩玩轮盘赌,会买下集市里小姑娘的苹果分给围在一旁的萨瓦小伙子,会扶残疾老军人过河……(《漫步之九》)

最后,卢梭是多情的:1778年4月12日,是他与华伦夫人相识五十周年的纪念日，只是这一篇漫步，这个"最出色的女人"似乎没有再多的话好讲了，终于成为永远的遗憾。(《漫步之十》)

不错，这里的卢梭的确是真实的，他并没有存心要辩解什么，说明什么。严格来讲，《一个孤独漫步者的遐想》不能算是一部作品。在1778年5月2日，卢梭将《忏悔录》以及《对话录——卢梭论让-雅克》的手稿交给他的遗嘱执行人穆尔图，考虑作为遗著发表，并没有把他自己在《漫步之一》里称作"《忏悔录》附章"的遐想录包括进去。答案也是在这十篇漫步里。但在上述的十点之外，很显然，对于卢梭自己而言，这十篇漫步只是卢梭对自己的一个交代。他在尝试着接受自己，接受自己的生活哲学，接受自己对突如其来的做人失败的解释。很难想象一个自己都接受不了自己的人，能在某一天为大众所接受——这不可能不是卢梭的梦想，像他自己所说的，"对孤寂生活抱有强烈的兴味，甚而再也不想离开这种生活"，说到底，这不过是骄傲的嗟叹而已。

只是时间的安排，往往出现人不能自主的悲哀。卢梭当时对自己都未能交代清楚的一种心情，最终还是被印成了铅字。他为了平复自己的焦灼，对自己说了又说的安宁、平静、孤寂，也把后世的读者往误会里带。殊不知在卢梭的笔下，这几个词都有着完全不同的意义。

我们没有必要再在这里复述"人文科学"的奠基人之一卢梭那悲伤动荡的一生，他耀眼的声名和他最后遭到放逐的结局。18世纪，到了今天再回头去看，通常是要被指责为专制的年代。专制的必然结果就是冲突，冲突的方式也必然不一样。在冲突时会有暂时的赢家和输家，可事件过去了，留下的却还是那么几个人类的基本问题：人为什么要活？人应该怎样活？人性本善还是人性本恶？等等。而在那个人们刚刚开始思考自己的时代，卢梭是免不了要痛苦的，这种痛苦，也绝不是通过自称"重新找回了灵魂的安宁"就可以平息的。在《一个孤独漫步者的遐想》里，卢梭依旧是那个矛盾重重、犹疑不决的卢梭。其实，正是这种在跟自己对话时才更一览无余的矛盾，使得这时的卢梭更为真实，更为感人，更为亲切一些。因为他是在试图"了解自己而不是为了教育别人"，了解自己作为一个基本的人的根本所在。

矛盾至少有这么几个：

首先，是对待命运的态度，卢梭在《漫步之一》里一再说他已"甘心于我这万劫不复的命运"，说他此后"完全地听天由命了，这才得以

7

重返安宁"。他努力说服自己，就像他自己在《漫步之五》里用的暗喻，要做一叶小舟，在风平浪静的日子里随波荡漾，虽然"没有什么明确的目标，依我看却比所谓人生最温馨的乐趣还要好上几百倍"。但是卢梭对命运绝对有着比今人还要透彻、精辟的理解："当不幸的人们不知该将伤害归咎何人时，他们就把它归到命运的头上，将命运拟人化，给命运添上双眼和思想，这样就好像是命运瞄准了他们似的。"卢梭真的甘心于这看不见、摸不着的被拟人化的命运吗？不，一个有思想的人服从的只能是自己的思想，不论它是否成了什么体系，为此他仍然热衷于指责别人的哲学："我见过许多人，他们研究的哲理远比我的要精深，但他们的哲理可以说与他们自己都是不相关的。为了显得比别人博学，他们研究宇宙的结构，就好像出于单纯的好奇心去研究他们所撞见的某部机器一般。"——卢梭的整个哲学要旨便在这里，他要研究的是人的哲学，而非机器的哲学，只是他不知道为什么遭到摈弃的竟是前者，所以他也像他自己的分析一般，将之归于命运。这是一种不甘的无奈。

其次，我们可以看看他自己所描述的安宁状态。通常，提到《一个孤独漫步者的遐想》，评论界总不会忽视《漫步之五》。这篇漫步是对圣皮埃尔小岛上那段日子的回忆，是被公认的最优美的一篇漫步，很有中国古山水画或田园诗的味道，给我们的是整个归隐大自然的陶渊明的形象："采菊东篱下，悠然见南山……"这便是卢梭所构造的安宁。但是卢梭在这里，根本混淆了真正的安宁和他所臆想的安宁之间的界限：真正的安宁不是鸟啭莺啼、山间落泉的环境，真正的安宁在我们的心中。一个宣称"被自己的感官牢牢控制的人",一个"一旦某样东西作用于我的感官,我的情感便无法不为之触动"的人,是不可能真正拔除心中的不安宁因素的。而且我们的不安宁因素往往在于我们自己,在于我们对自己的怀疑与焦虑。正因为这样,在《漫步之一》里声明"自己无可忏悔"的卢梭在《漫步之四》里就被罗西埃神父的一行题词所激发,就谎言这个问题展开了气势不凡的探讨、忏悔和辩解。也正因为如此,坚信"孤单一人……没有兄弟、邻人、朋友"甚至没有"同类"的人竟会被人们喜庆的节日气氛所感染,竟会因为一个老残废军人对他的稍事亲近而"孩子气地放声大哭起来"。从某种意义上说,这暴露了一个人最基本的矛盾,那就是对于周遭环境的一种类似于对待"鸡肋"的态度:深深的厌倦和骨子里的不能舍弃。正是这个缘故,人类是贪婪的,并且这种贪婪,不是贪自己没有的东西，而是贪天天在见、天天拥有着却不知珍惜的东西。

卢梭的这种矛盾态度同样表现在他"余生里的爱好"上。早在1772年，卢梭因《爱弥儿》一书被迫流亡，他就认为自己要永远放弃写作的职业了，他宣称要把精力集中在自己身上，要潜心研究自己。在《忏悔录》里，曾有这样一段："这个工作一抛开，有时候我对接着要干些什么就犹疑不决，而这一段无所事事的间歇时间可把我毁了，因为没有外物占据我的精力，我的思想就一个劲儿在我身上打转。"可见，听从自己内心喜好也不是件容易的事情。一个对生命具有无比感受力的人，一个有思想、有理论的人，如果不是个作家，就是一个疯子。在《漫步之七》里，卢梭以极为细腻的笔触描写了他对植物学的痴迷，但这种痴迷的真正动机是什么呢？"我这也是在以自己的方式报复那些迫害我的人，我觉得对他们最为严酷的惩罚莫过于不予理会、自行其乐。"植物学和誊抄乐谱一样，都是"外物"，是卢梭告诫自己必须放弃写作的情况下必要的补充。人是会为这一类的幻觉所欺骗的，这也是自己的专心专意遭到嘲弄后的一种反应。遐想录的存在，包括遐想录以前的《忏悔录》及《对话录——卢梭论让-雅克》的存在本身就证明了卢梭对写作的不能割舍。

归根结底，这些矛盾不是无来由的。这是一个清醒看见现实的残酷（不幸往往能使人清醒过来）的人不能放弃自己梦想的注定结局。越来越能讲，也越来越沉默——在自己构筑的童话世界里越来越能讲，在深深震惊了自己的现实世界前越来越沉默。由此滋生出来的孤寂感更加需要情感的温暖和抚慰。然而卢梭又是骄傲的，他骄傲地在世人与自己之间画了一道醒目的白线，站在线的这一边看别人，看自己。他说，我不屑于让人赞叹，但我这会儿要胜利。胜也没意思，但败是不可能的——这种悲凉，这种骄傲，原本是没有时间、没有国界可言的啊，它存在于所有敏锐得几近刻毒的灵魂之中。

每一个时代，都有它的局限、它的承受力。所以时代无可指责，它只是一个过程而已。卢梭在18世纪幻想人只作为人而存在是超过了时代的承受力的，过了两百年以后，人们渐渐想通了这个卢梭也只是模糊地感到而不敢确证的道理，卢梭就成了我们的先驱和哲人。

我们有的时候——只要是对生命持的好奇态度还没有被太过具体的物质世界窒灭——也会拿出我们的所有勇敢来准备为捍卫梦想而进行一场现实搏击战，甚至准备好了自己在这场战争中一点一点地殒灭。但在这个世界里，极度疯狂或大彻大悟的人毕竟是少数，这就是这十篇漫步能让我们如此"与我心有戚戚焉"的原因。也许矛盾的过程更为真实，而且，没有答案的矛盾更具有人性一些。《一个孤独漫步者的遐想》的成功之处就在于它反过来证明了人类无法超越自己的同类，无法超越他们的影响，证明了这种人文色彩极浓的"孤寂"是不存在的。

不仅如此，还有更为重要的一点，那就是想要永远放弃文学的卢梭却不经意间创下了一种新的文学类型，这就是今人曾谈论不休的散文诗。诚如雅克·瓦赞在1964年佛拉玛里翁版的序言里所指出的：至少应该说卢梭在古典哲学思考（例如笛卡儿的《沉思录》）与拉马丁的诗情流露之间架起了一座桥梁（拉马丁也有题名为"沉思录"的作品）。

如果说《一个孤独漫步者的遐想》里的卢梭是一个全新的卢梭，并不是新在他夸张的"极致的安宁"上，而是作为一位诗人、一位散文家的卢梭。才从中世纪极度的黑暗与愚昧里走出来，18世纪的文学尚未完全摆脱实证逻辑的枯燥，否则就有不科学、不客观的嫌疑。然而因为这是一部不是作品的作品，作者就少有这样的约束。"一个孤独漫步者的遐想"——名字的本身就是一声美丽的嗟叹，为后世的"世纪病"奠下了基石。

世纪的苍凉多少出于诗人的唯美倾向，从斗争到唯美有一个过渡，这个过渡就是由卢梭开始着手进行下去的。卢梭突然从斗争中撤出身来，虽然多少是无奈的，却也是新鲜的。然而他又没有一味地颓败下去，这的确是夹缝里的分寸了。

因此卢梭在十篇漫步里，用的都是模糊而不确定的字眼：孤独、宁静、安宁……甚而连同那些色彩极为昏暗的：阴谋、诡计、陷阱……也少有具体的成分在里面。一切都用来营造一份在黑暗里凄楚求索的悲哀。有似一首苍凉的曲子，本身也许有精确的数值，怎样的一个拍子，怎样的一个音阶，全是作曲者的构作，然后这样的构作只是为了一种感觉：快乐的或是凄凉的，然后再还原到听众的感觉里。

说到这里，才发现为《一个孤独漫步者的遐想》作一篇导读几乎是不可能的事情。可已经说了这么多，难以自弃，权作序。

这个译本根据法国新闻出版社1991年版插图本《一个孤独漫步者的遐想》译出，注释为译者所加，并参考原书部分注释。

漫步之一

　　我就这样在这世上落得孤单一人，再也没有兄弟、邻人、朋友，没有任何人可以往来。人类最亲善、最深情的一个啊，竟然遭到大家一致的摈弃。人们着实是恨透了我，寻找最残酷的法子来折磨我这颗多愁善感的心，并且粗暴地截断了我同他们之间的一切联系。尽管如此，我原本还是爱着他们的。我以为除非他们已经不是人，不然总不会回避拒绝我的这份爱的。而现在他们终于与我形同陌路、毫不相关，对我而言不再有任何意义，他们要的也就是这个结果。但是我，和他们以及和这周遭脱了一切干系的我，我自己又成了什么呢？这就是还有待我去探寻的。不幸的是，在探寻这个问题之前，必须先来看我的处境。只有这样，我才能从谈他们转向谈我自己。

十五年多了，我一直陷在这种奇怪的处境里，至今想来仍似一场噩梦。我总在想，也许是受着消化不良症的折磨，或是被梦魇缠住了，而我就会从梦中醒来，不再为这痛苦所纠缠，与朋友们重修旧缘。是的，也许我早在不经意时就从清醒坠入了昏睡，更确切地说是从生踏向死。不知怎么的，我就已被甩出事物的正常轨道，眼睁睁地看着自己被掷入一团难以明了的混乱之中，什么也看不见。而我越是努力想弄清我目前的境况，我就越是不能明白自己身处何处。

唉，我那时又怎可预知等待着我的命运呢？

如今我已身陷其中，更加不能看得透彻了。我一直是这么个人，过去如此，现在亦然，我那时又怎能以我的常理推想到竟会有这么一天，我居然被认定为是一个魔鬼、一个独夫、一个凶手，会为整个人类所不齿，会成为那些流氓恶棍的玩物呢？我又怎能料到我将得到路人皆唾的礼遇，怎能料到一代人都会以活埋我为乐呢？然而这场变故就这么猝不及防地来了，起初我的反应只有深深的震惊。我烦躁，我愤怒，这使我沉湎于一种谵妄之中达十年之久，几难平复。而在这十年间，我又一错再错，一误再误，蠢事一桩连着一桩。我的不慎自然为那些操纵着我的命运的人提供了太多的可乘之机，他们巧妙利用，终于使我的命运再也无可逆转。

我拼命挣扎了那么久，却无济于事。我是如此没有心机，不懂得斗争的艺术，也不晓得要藏而不露、小心谨慎什么的。我坦白直率，不加设防，性子又急，脾气又躁，我的这番挣扎只能使命运之链越缚越紧，只能给他们不停地提供新的把柄，他们是绝对不会放过的。最后我才明白过来所有的努力都是白费，只是徒然增添自己的痛苦而已。于是我只剩下一件事可做了，我终于决定服从命运的安排，再不与这定数相抗了。却正是这份顺从为我带来了长期以来那艰辛而无用的反抗所无法带来的安宁，使我的一切苦痛得到了补偿。

我能回复安宁还有另外一个原因。这可得归功于迫害我的那些人，他们只知道咬牙切齿地恨我，极度的仇恨却让他们忘记了一点，那就是该不断地给我新的打击，层层加码好让我永远处于这新创旧痕里。如果他们懂得耍点小计，给我留一线隐约的生机，他们至今还能把我钉在这根痛苦之柱上。他们只需布下小小的圈套，我依然还能被他们玩弄于股掌之间。等待，失望，随之而来是更深的伤痛。然而他们事先就使完了所有的招数，不曾留给我一点余地，他们自己亦就一无所有了。他们施加在我身上的所有诽谤、欺侮、嘲弄和羞辱，当然不能指望它们有所缓解，可它们也很难有所加强。我们同样无能为力，我是躲不过去，而他们恐怕也无法令我的境况更糟一点了。他们如此迫不及待地把我推入痛苦的渊底，即使竭尽人间之力，再加上地狱里种种可怕手段，亦不过如此吧。然而肉体上的伤痛非但不能增添我的苦难，反倒会使我暂且忘记精神上的伤痛。也许它会使我高声尖叫，却免去了我辗转呻吟，身体上的创痕由此便暂时平息了心灵上的创痕。

　　既然一切已成定局，我还有什么好怕的呢？

我的境况再也坏不到哪里去了，我也就不再对他们有所畏惧。他们无法再令我感到焦虑和惶恐，这对我来说倒不啻是个安慰。现世的痛苦对我是无足轻重的，轻易就能熬得过去，而忧惧未来的那种滋味，我却无法耐住。我会运用我那份惊人的想象力把那还不曾来到的苦难串联起来，反复掂量，再加以夸张和扩大。等待痛苦远比经受痛苦要难受百倍，威胁也远比打击本身可怕得多。而一旦苦难来临，事实便排除了一切可供想象的水分，只剩下它们原本的那点内容。我真的觉得它们比我想象中的要轻多了，甚至令我感觉到的不是一种痛苦而是一种解脱。就这样，我今后不会再害怕了，也不再焦灼地期待些什么了，有的只是久而久之的一种习惯，这足以使我对我那再也坏不到哪里去的境遇愈来愈具承受力，随着感情在这场经历中的日趋麻木，他们没有办法再弄得我有所反应了。那些迫害我的人哪，使出浑身的劲儿来恨我，倒不意给我带来了这样的好处。他们再也左右不了我了，今后我反倒可以嘲笑他们呢。

两个月前，我还未曾完全平静下来。是的，很久以来我早已无所畏惧，可我仍然还有所希望，正是这线时隐时现的希望令我依旧思绪万千、激动不已。但是一出突如其来的悲剧彻底地抹去了这线原本就很微弱的希望，使我终于甘心于我这万劫不复的命运。此后我是完全地听天由命了，这才得以重返安宁。

自从我隐约预感到这场阴谋的空前规模后，我就不再指望公众会在我有生之年回到我这一边来，换言之，即便他们回心转意，也无法建立起我们之间的相互信任，而且也没有多大用处。真的，纵使他们回来也是枉然，因为他们再也找不回我了。他们只能令我鄙视，与他们交往只会令我感到索然无味，甚至对我来说是个负担，因而我宁愿在孤寂中讨生活，我觉得这比与他们生活在一起要幸福百倍。他们彻底毁了我心中对社交生活曾持有的一份脉脉柔情，而在我这把年纪恐怕是再也无法培植出来了，实在太迟了。从今往后，不论他们再对我做些什么，好事或坏事，我都无所谓，而不论我的这些同代人做什么，他们对我而言都已毫无意义。

但是我还曾经对未来抱有幻想，我曾希望能有较为优秀的一代人，具有较好的鉴别力，能够重新评价我以及这一代人对我的所作所为，能够不为那些颐指气使的人的阴谋诡计所左右，以我原本的面目来看待我。正是出于这种希望，我写下了《对话录》，并做出千万种疯狂愚蠢的尝试，意欲使《对话录》留传后世。这份希望，虽则渺茫地存于未来，却如当年在今世寻一颗公正之心那般，令我心潮起伏。而我的希望又一次白白扔给了将来，它一样使我沦为今人的笑料。我曾在《对话录》中提及我这份期待是建立在什么上的。但我错了。幸而我还算及时地发现了这个错误，从而也就能在最后的日子里得到绝对的安宁和永久的休憩。这些好日子就从我现在所说的这一刻开始，而我有理由相信，它再也不会被打断了。

是在不久以前我才转过弯来，指望公众能回心转意是多么大的一个错误，即便是指望下一代也不可能。因为我曾想公众对我的看法，总受了那些憎恨我的团体中的核心人物的引导，而那些人物是要不断更换的。但我不曾想到个人固然会死，团体却不会灭亡。相同的感情会随着团体的不灭而永世相承，他们那仇恨的烈火，会如同中了邪般不息地、热烈地熊熊燃烧。即便我的那些敌人一个个撒手归西了，这世上总还有神父，总还有奥拉托利天主教会的会员。而哪怕那些迫害我的林林总总的团体中仅剩下了这两个，我也该明白他们绝不会在我死后让我瞑目安息，正如他们从未在生前给过我安宁一样。也许，随着时间的推移，那些我真正冒犯过的神父倒有可能息事宁人了，但是我曾爱过、尊敬过、信任过、从来未敢冒犯的奥拉托利天主教会的会员们，那些过着半僧侣生活的教徒却永远不会善罢甘休。是他们自己那种极度的不公正定了我的罪，于是他们碍于面子就永远不能原谅我，他们倒是留心到把公众也煽动起来，拢到自己一边，这样公众就会和他们一样对我的仇恨永不停息。

世间的一切对我来说都结束了。再也没有任何事会令我好或令我痛。在这世上我无所希冀、无所畏惧，如此我竟在痛苦的深渊尽头得到了安宁，我这样一个可怜而不幸的凡夫俗子，居然像上帝一般超然于世。

从今往后，一切身外之物都与我完完全全脱离了关系。在这世上，我不再有邻人、同类、兄弟。这世界恰似一个完全陌生的星球，我只是不慎从自己的居处跌落至此。我想即便我在这周围认出些什么，也只能是些令我心碎、令我断魂的东西。看看我亲身所在的这周遭吧，除了让我蔑视、让我愤恨的那些东西，除了让我痛不欲生的那些旧恨新愁，还有些什么呢?! 太沉重了，真该离得远一点。我的心，否则又只是徒增伤痛而已。我的余生，我知道只能在自己身上找到慰藉、希望和安宁，所以我只关注我自己。正是在这种状况下，我重又读起以往我称之为"忏悔录"式的那种严厉而真诚的内省文字。我将把我最后的这些日子用来研究我自己，预先准备一份日后我总要完成的汇报。我将整个儿地投入与我自己的灵魂的甜蜜温馨的交谈之中，我的灵魂是他们唯一无法从我身上夺走的东西。如果我能在这番内省中稍稍理清我的思绪，并将残留其中的痛苦抚平，我的沉思就不至于是完全没有一丁点儿用处的，尽管我在世上犹如一个废物，但我也还算是没有虚度最后的光阴。我每日所做的消闲的散步常常就浸淫在这种醉人的沉思里，但可惜的是我已经不大记得起来了。我将记下尚想得起来的那些，我想每次我重读它们的时候会很快乐的。我将忘却我的一切苦难，忘却那些迫害我的人，忘记我的耻辱，而只去享受我的心灵早就应得的一份褒奖。

　　这些文字实际上只是某种不成形的遐想日记，大多是在谈论有关我自己的问题——一个孤独的沉思者总是考虑自己更多些。另外，所有那些在我散步时闪过我脑海的怪念头也将在这本日记里占有一席之地。我想到过什么就说些什么，都是自然流露，少有那种前因后果的联系。但是在这奇特的处境中，每每我对平素我心赖以为生的感情与思想多一份了解，也就会对自己的天性与脾气多一份明白。这些文字因此也可以被看作是《忏悔录》的附章，但我不想再给它们这样的名字了，因为我觉得自己无可忏悔。我的心灵正是在历经苦难时得到了净化，我仔细审视过，发现再也找不到什么可供指责的地方了。既然一切人类之爱已被他们摧残得荡然无存，我还有什么好忏悔的呢？我是没什么好炫耀的，也没什么可被指责的。今后我在这人群里会仿佛根本不存在一样，这就是我所能做的一切，和他们没有任何实际联系，没有真正意义上的社会交往。既然每次我想做点好事，到头来总会变成坏事，既然做到后来不是害人便是害己，我唯一的责任就是保持缄默，并且尽我所能恪守这份职责。尽管我的这副躯壳已开始懈怠，我的心灵却依旧充满活力，依旧要产生感情和思想；尽管所有世俗的兴味已不复存在，内心世界的精神生活却更加丰富了。现在，对我而言，这副躯壳只能是一种拖累、一种妨碍，我将尽力摆脱它。

这样一种奇特的境遇当然是值得研究、值得描绘的，于是我把最后的余暇全部注入了这项研究。为了做成它，也许该讲点秩序和方法，但我做不到，这样一来也会违背我的初衷，我原意只是想弄明白我心灵的变动以及这些变动的来龙去脉。我对于自己的这番研究工作在某些方面颇似物理学家每天观察大气状况的过程。我会用一支灵魂测压计，当然只要好好安排，坚持不懈，我一定也会有物理学家们那样精确的收获。不过，我还没把事情做到那份儿上。我只是满足于把这些过程记下来，丝毫无意要从中阐明某种理论。我所做的与蒙田做的是一样的事，只是目的完全相反。他的《随想集》完全是写给别人看的，而我的遐想录则完全是写给我自己的。有一天我老得不能再老了，真的是垂死之时，如果我能如同自己所希望的那样仍然身处孤寂之中，再回过头去读它们，我会想起我在撰写它们的时候所得到的那份温馨的感觉。旧梦重温，时光重现，由此等于将我的生命延长了一倍。尽管别人对我心存恶意，我依然能品味到交往的乐趣，因为这样一来我便能在耄耋之年与旧我相守一处，这不正如同和一个稍微年轻些的朋友在一道吗？

我在写《忏悔录》和《对话录》时，总是忧虑如何使它们逃脱那些迫害我的人的毒手，如果可能，使之留传后世。然而在写这篇遐想录时，我不再担这样折磨人的心思了。这种担心，我知道不过是杞人忧天而已，而且我心中想要被别人理解的愿望早就熄灭了，只留下对命运、对我那些真正的作品以及我那些可以还我清白的证据的深深冷漠，更何况也许证据早就被他们毁了。随他们去窥视好了，随他们怎么对待我的这部分文字：不安、抢夺、查封、删除，对我来说以后都是一码事。反正我既不把它们藏着掖着，也不打算拿出来发表。就算他们在我活着的时候把它们抢走了，他们也无法抢走我在撰写它们时的那份快乐，无法抹去我对这些内容的回忆，更无法夺去生于这些遐想的孤独中的沉思，它们的源泉也只能随着我心一道枯竭。如果早在劫难之初我就懂得不要去与命运对抗的道理，就做出了今天这番决定，那么那些人煞费苦心所经营的阴谋诡计就会毫无效用，他们就无法用那些个陷阱来扰乱我的安宁，正如同日后他们即便阴谋得逞、得意扬扬，也不会对我有一丝触动。就让他们为我所蒙受的羞辱去肆意快乐吧，反正他们无法阻止我为自己的清白，为自己能无视他们，在平和中度过余生而欢乐。

漫步之二

于是我计划把我这颗心平素的状态描绘出来。这颗心正处在任何一个普通人都不会遭遇到的最奇异的境地里，我觉得完成此举最简单、最保险的办法莫过于将那些孤独一人的漫步以及漫步时充盈心间的种种遐想做一个忠实的记录。那会儿我的脑袋整个儿放开了，思想也无遮无拦地一泻千里。一天之中，只有在这孤独沉思的时刻，我才是完全意义上的我，才完全属于我自己，没有牵挂，不受妨碍，真正可以说是天性使然了。

　　不久我就感到这项计划开始得实在太晚。我的想象力已经不那么活跃了，不再像昔日那样被它感兴趣的主题激发得妙趣横生，沉迷于狂热之中了。而今后即便是想象力的产物，亦是创造的少了，有的只是对以往渐趋淡忘的种种的重视。一种温和的倦怠感制约了我的所有才能，在我身上智慧的灵光已渐渐熄灭，我的灵魂再也难以冲破它的那层旧壳，根本不指望还有权利向往某种佳境，我只能靠回忆活着。因此为了在迟暮前好好想自己，必须上溯几年，就是在那个时候我失去了人世间的一切希望，这尘世里再也别无他物可以拿来填补我心，渐渐地，我就习惯了用我心自身去喂养我心，从自身寻找它的精神食粮。

　　这个源泉，我发现得真是太迟了，幸而它是如此丰富，不久就足以弥补一切损失。我习惯了心安为家，终于几乎忘却了所有的苦难，不再觉得痛了。就这样我才亲身体会到幸福的真正源泉就在我们自身，别人的所作所为又怎能真让懂得追求幸福的人身处惨境呢？这四五年以来，我就经常品尝到这种内心的快乐，这种爱意绵绵、温情脉脉的心灵在沉思默想中所能寻见的快乐。有时我在这样的独自散步中领略到一种欣喜若狂、心醉神迷的滋味，这还真是迫害我的那些人赠予我的享受，如果没有他们，我永远也无法在自己身上发现这座宝矿。而身处如此丰富的财源之间，我又如何才能做一个忠实的记录呢？为了忆起这些甜美的遐想，我没能把它们描绘下来，反而再一次重坠梦中。这种境况是回忆带来的，如果不是全身心地去感知，就立即变得不解其味了。

这种重坠梦境的效果，我在计划续写《忏悔

录》后的散步中有所体会，尤其是我下面就要谈及的一次散步。在那次散步中，一起猝不及防的事故打断了我的思绪，一时间又把它引往另一个方向去了。

1776年10月24日，星期四，午饭后我沿着林荫道一直走到绿径街，上了梅尼蒙丹山冈，再从那儿走小路穿过葡萄园和绿草坪，到了夏罗纳镇。一路欣赏着两村之间的秀丽景色，然后我拐了个弯，好从另一条路再穿过同一片草地回去。我很乐于流连其中，怡人的风光总能激起我类似的欢欣与兴味。时不时地我会停下来，目不转睛地观赏生长在这片青翠葱茏间的植物。我发现了两种在巴黎城区附近极少看到的植物，在那个镇上却非常茂盛。一种是菊科的毛连菜，还有一种是伞形科的柴胡。我久久沉醉在这一大发现的喜悦与快乐之中，直至我又发现了一种更为罕见的，尤其是在地势偏高的地区更为少见的植物，那就是水生卷耳。尽管当天发生了那起事故，我后来还是在随身带着的那本书里找到了它，放进了我的标本集。

我又仔细观赏另外好几种植物，它们还开着花，我熟知它们的科目，对它们的模样及归类倒是很感兴趣，不过最后我还是渐渐离开了这过分细微的观察，好全心体味整片景色给我带来的同样很愉快甚而是更加动人的感受。就在几天前已经结束了葡萄收摘，城里的漫游者也不再光顾，农民一直要到冬作才会重新回到田间。乡间依然是一片翠绿怡人的景象，只是有些地方开始凋零了，几乎是光秃秃的，呈现出一副冬日将近的寂寞状态。这一切给人一种既柔和又悲凉的感觉，实在与我这年龄、我这命运太相似了，由不得我不动情。我这无辜而不幸的生命眼见走向迟暮了，可我依旧还有颗感情丰富的心啊，甚至还开着几朵小花，只是已因忧伤而凋落，因烦恼而衰败了。孤单单被遗弃了的我，感到了初霜的寒冷，而我那日益枯竭的想象，亦无法再按自己的心愿来设想什么人可以充填我的孤寂。我就这样叹着气对自己说：我在这世上都做过些什么呢？我是为着生活而被造就的，却在尚未经历生活时已经要死了。至少这不是我的错，而我将给我的造物主带去的奉礼，即便不是那些无从完成的善举，亦是些落了空的善意，是一无用处却很圣洁的感情，是历经了人们冷眼后的耐性。想到这里，我的心也就柔缓下来了，我将我的灵魂所罹受的一切变动做了一番回顾：从年少时代到成熟的岁月，从我被隔离出社交圈到这段即将了结余生的长长的隐居的日子。我满怀欣悦地回忆起我心曾有的一切爱意，回忆起如此温存却又如此盲目的眷恋，回忆起这几年来我心赖以为生的种种思想，那已是宽慰多于忧伤了。我想要尽力回忆起这一切，好以与当时沉浸其间差不多同样程度的那份快乐来描述它们。一个下午，我就在这种祥和的沉思中度过，而正当我欢欢喜喜结束了这一天要转回家中时，一桩事情却将我从遐想深处拽了出来，这就是我接下来要讲述的。

约莫六点钟吧，我从梅尼蒙丹山上下来，差不多正对着"风流园丁"餐馆的时候，走在我前面的人群一下子就散开了，接着我看见一条粗壮的丹麦狗在一辆马车前撒开四脚冲着我直扑而来，发现我时它根本没有时间停下，或是绕开。我那时想唯一不被狗撞翻在地的办法也许就是高高一跃，而且必须算准，让狗恰好在我身体腾空时打下面窜过。这念头来得比闪电还快，我既无时间去推理亦无法付诸实施，事故便发生了，这成了事故之前我的最后一个想法。一直到我苏醒过来，我还丝毫没觉得被撞了，也没意识到自己跌倒在地，更不知随后所发生的一切。

等我恢复知觉，天已经黑了。三四个年轻人扶着我，他们向我讲述了刚才的那一幕。那条根本无法减速的丹麦狗朝着我的双腿直冲过来，速度如此之快，它硕壮的身子把我撞翻在地，我是脑袋向前倒下的，颏支撑了我整个重量，磕在高低不平的石子路上，而且那儿刚好是下坡，脑袋比脚要低，因此跌得更重了。

要不是马车夫立时勒住了马，马车随即就要跟上来从我身上碾过去了。这就是我从后来扶起我、在我醒过来时仍然抱着我的那些人口中所得知的一切。我在苏醒的那一瞬确实处于一种极为奇异的状态。在这里我可非得把它描述一下了。

夜色渐浓。我瞥见了天空，几点星光，还有

一抹翠绿。这最初的感受真是妙不可言。我也只是从这一刻才觉出自己的存在。在这一刻我开始体味到生命了，仿佛觉得在所看见的一切里都充盈着自身那微弱的存在。我就全身心地浸淫在那一刻的美妙感觉里，什么也想不起来，对我的个人状况一无所知，也完全没意识到刚才遭遇到的事情。我不晓得自己是谁，又是在哪里，既没感到疼痛，也没感到害怕不安。我看着自己的血流下来，就好像在看着小溪流水，压根儿没去想这毕竟是自己的血。我整个儿沉醉在一种心旷神怡的宁静感觉里，日后我每每忆起那一刻，却还觉得那是一种闻所未闻、从未经历过的欢乐。

别人问我住在哪儿，我那会儿真的没法说出来。我就问这是在哪儿，人们回答我说是在高界街，我听了倒觉得是在阿特拉斯山一样。得接着问下去：国家、城市、街区。就这样也没能让我

43

想起自己的身份，我是从那里一直走回林荫大道后才回忆起自己的住所和姓名的。有位我不认识的先生好心地陪我走了一段，他听说我住得那么远，便建议我在圣殿骑士团寺院附近雇辆马车回家去。但我走得挺好、挺轻巧的，既没觉得痛也没觉出自己受伤了，尽管我咯了许多血。我只是冷得直打寒战，刚才磕坏的牙齿令人心烦地咯咯打战。到了圣殿骑士团寺院，我倒觉得自己行走并无大碍，与其冒着被冻死的危险坐马车，还不如这样一直走回去好。从寺院到普拉特耶大街，我就这样走了半法里路，一路上都好好的，像平素身体状况良好时一样，避开障碍物和车辆，选择着将我的路程继续下去。我回到家，打开朝向街面那扇门里的暗簧，在黑暗中摸上了楼，终于跨进了家门，再也没出过别的事。而一直到那会儿我还没有反应过来自己被撞倒过，以及撞倒后又发生了些什么。

我妻子看见我时发出的尖叫使我醒悟过来，我的情况远比自己想象中的要糟糕得多。又过了一夜，我还是没怎么觉得疼。直到第二天我才发现、才感觉到这一切。上嘴唇里面豁了个大口，一直到鼻子，幸好外面还有层皮包着才没有完全裂成两半；上颌里嵌进四颗牙齿，连那边脸都肿起来了，乌紫乌紫的；右手的大拇指扭伤了，肿得老高，左手大拇指也严重受伤，左胳膊拧了，还有左膝盖肿着，严重的挫伤疼得我根本无法弯曲。然而尽管被撞成这样，居然没有一处碎掉的，连牙齿也没跌碎一颗，在这种情况中着实算是奇迹般的幸运了。

这便是有关这起事故最真实的一切。然而不出几天这则故事便在巴黎城中传开了，并且被篡改得面目全非。其实我预先就该料到这番歪曲

的，只是居然被添进了这么多怪诞的细节，还有
这么多闪烁其词、吞吞吐吐的怪话，他人向我谈
及时又总带着这么一副神秘兮兮的表情，这些谜
团让我觉得分外不安。我一直恨透了这种含混不
清的东西，这许多年来我一直被围困其中，丝毫
未曾得到缓解，它们让我有一种条件反射般的恐
惧。在当时所有的奇闻怪事中，我只提一件，不
过也足以让人想见别的那些了。

　　我从未与警察署少将勒努瓦先生有过任何
往来，那天他却派了他的副官来探听我的消息，
恳请我接受他的某些建议，而这些建议在我看来
对我的康复根本起不到多大作用。他的副官不停
地督促我尽快采纳这些建议，还说如果我不相信
他，可以直接给勒努瓦先生写信。这份殷勤，还
有夹杂其间的那种神秘劲儿，都叫我相信这一切
后面真是藏着某种隐情，我无法探知的某种隐

情。那次事故和接之而来的高烧原本就让我处在一种惶恐不安的状态里，再加上这些事，实在令我惊恐不已。我千般猜测，焦灼而惊惶，我对周围正发生的一切万般思量，这不该是一个对一切都无所谓的人的冷静态度，而更像是那种高烧引起的谵妄吧。

还有一件事终于使我彻彻底底地失去了原有的平静。有一位奥穆瓦夫人几年以来一直不停地来找我，我也猜不出为什么。她频繁来访，看上去没什么明确意图，还带来一些令人不安的小礼物，这都表明这一切后面有着什么不可告人的目的，只是没有向我表露而已。她曾与我谈及她要写一本小说献给王后，我于是跟她说了我对女作家的看法。她告诉我她写这本书是为了重新恢复产业，为此她必须得到庇护，我对此可没什么好说的。她对我说由于她一直无法接近王后，她决定将小说公开发表。她并没有征询我的意见，我当然也无须向她建议些什么，再说，就算我说了，她也不会听的。她曾提出先把手稿给我看看，我请求她可别这样做，她也就没再采取别的什么行动。

有一天，那还是在我养病期间，我接到了她让人送来的这本书，已经印好了，甚至装订完毕，我这才看到序言里她把我如此这般地吹捧了一番，语言粗劣、矫揉造作，令我十分不快。这明显生硬的谄媚不会怀有什么好意，在这点上我从来不会弄错的。

几天以后，奥穆瓦夫人带她女儿一道来看我。她告诉我由于书中的一条注释，此书煞是轰动。当时我还只是很快浏览了一下这本小说，却没有注意到这条注释，奥穆瓦夫人走后，我才重新读了注解，然后审度了整个事态的发展过程。

我想我终于明白她不断造访、奉承我，以及在序言里大肆吹嘘我的动机了。据我判断，她的意图必定是在于使公众相信这条注释乃是出自我手，在这种情况下，这条注释所有可能招致的指责亦就不会被归在原书作者头上，而是悉数归我了。

我对此毫无办法，也不能消除这事造成的影响，我所能做的就是不再继续忍受奥穆瓦夫人及其女儿对我的公开而无用的造访。下面就是我为此写给奥穆瓦夫人的那纸便条：

> 本人不在家中会见任何作家，在此谨谢奥穆瓦夫人的好意，恳请勿再屈尊探访。

她回复了我一封信，表面上还算客气，然而与类似情况下人们写给我的信差不多，骨子里的味儿全变了。我是粗暴地在她这颗敏感细腻的心上戳了一刀啦。就她信里的语气来看，我真该相信她的确对我怀有强烈真挚的情谊，这种了结简直会让她痛不欲生。是这样的，在这世上倘若对所有事情都那么坦白，那就是极为可怕的罪过，就因为我不像我的同代人一样虚伪奸诈，我在他们眼里便是可厌的、残酷的。

我已经出了好几趟门，甚至经常到杜伊勒里宫附近散步，看见好些撞见我的人都是不胜惊异的样子，我就猜到一定还有什么我不知道的传闻。最后我终于得知大家都在议论我被撞死了，这谣言传得真快，并且十分肯定，以至于就在我自己打听到的半个月后，连国王和王后都把它当作一桩事实来谈。据留心给我写信的人讲，《阿维尼翁邮报》早已宣布了这一好消息，并不失时机地以悼词形式预言在我死后，人们奉献给我声名的祭礼将是侮辱和谩骂。

除此之外还有更离奇的事儿，我也是偶然间听到的，无从得知其中的任何细节。这就是人们同时还出示了一份书契，要将在我家中找到的书稿交付印刷。我由此明白了，他们特意伪撰了一部文稿，只等我一死就把它加在我的头上，我还不算是个糊涂鬼，早就不指望他们会真正将我的某原稿拿去忠实付印。十五年的经验了，我根本不会有这样愚蠢的想法。

这一桩连一桩的事情还没告完结，又会有其余的接踵而来，都够让人惊诧莫名的，它们再次惊醒了我原以为已日趋无奇的想象力。这些人不知懈怠地在我身边愈描愈浓的黑影，又重新引发了我本能般的恐惧之感。我厌倦于再去费心思量，或是尽力弄明白这些对我而言早已无法解释的神秘之事。这些谜团促使我做了唯一一个不可更改的决定，那就是对我先前所做的诸项结论的确认。要知道我个人的命运以及我的声名早已被这代人一致论定，再也无从转变，我无论做什么样的努力都是白搭。我遗留下来的东西，不经过那些致力抹杀我真迹的手，又怎么可能传得到后世去。

但这一次我想得更远了。一连串的不测事件，那些最凶残的敌人由于所谓命运眷顾却在平步青云，所有那些执掌国家大权的人，那些引导公众舆论的人，那些身居要位的人，那些得以从诸多对我怀有某种无法言明的敌意的人中被精心挑选出来的、信誉卓然的人，所有的人为了共同的阴谋联合一致，这种协调实在是太不可思议了，绝非出于偶然。只要有一个人拒绝参与同谋，只要有一桩事情是与其背道而驰的，只要有一点不测阻碍了阴谋的实施，就可能会是完全的失败。然而所有一切，意愿、天数、命运以及一系列的变故却只是加固了人类这项工程，而如此牢不可破的合作，好像神话一般，我不能不认为是早就写好在不朽的神谕之上的，是注定要彻底成功的。仔细回顾这一切，过去和现在的事实都向我证实了一点，原先我不过将之视作人类的恶迹，现在看来也应视作人的理性所无法理解的天意中的一部分了。

这种想法，不仅远未让我觉得残忍和痛苦，反倒安慰了我，让我平静下来，帮助我听从命运的安排。我并不像圣奥古斯丁[1]那样高尚，认为如果是上帝的意愿，被处死也是心甘情愿的。我的这份顺从的初衷也许不这么大公无私，这是真的，但却与他的想法同样纯洁，而且依我看更无愧于我所钦佩的那种完美的大写的人。上帝是公

---

1 圣奥古斯丁（354—430）：古罗马神学家、哲学家、伦理学家，主要著作有《忏悔录》《上帝之城》等。

正的，他希望我忍受苦难，并且他知道我是无辜的。这就是我信心不灭的动力，我的心、我的理性告诉我，我没有错。就让那些人、让命运去折腾吧，要学会无怨无悔地承受。所有一切终是要回到正常轨道上的，我也迟早会有这么一天。

漫步之三

"我日渐衰老而学习不辍。"

这是梭伦[1]在晚年反复吟诵的一句诗。从某种意义而言，我晚年也是可以这么说的。然而二十年来所经历的一切却教给我一个十分可悲的道理：也许无知倒更可取。逆境无疑是位好老师，但这位老师收取的学费着实太高了。我们从中得到的通常不及我们为此所付出的。况且往往

---

1 梭伦：公元前6世纪的雅典执政官。

我们尚未从这姗姗来迟的教训里学到些什么时，运用的机会就早已错过。青年是修习才智的时候，而晚年则是实践的时候。经验总是给人以教益，我不否认这一点，然而只有在余日尚存时，才会起作用。难道我们还有必要在垂死之时去学习如何生活吗？

唉！我历经苦难才掌握这门学问，才对命运以及造就我命运的人的感情有所认识，可这对我来说还有什么用处呢？我是学会了更好地认识人类，但这只能使我对他们浇铸在我身上的悲惨命运更为敏感；我是学会了看清他们布下的所有陷阱，但这不能使我得以避开其中任何一个。为什么不让我继续怀有那微弱但却温暖的信任呢？这么多年以来，这份信任使我沦为我那些喧哗一时的朋友的猎物和玩偶，而处在他们的种种阴谋之中，我竟未产生过一丝疑云！是的，我是上了他们的当，受了他们的骗，可我总想自己是被他们爱着的，我的心陶醉在自己这份由此而生的友情里，以为他们也对我怀有同样的一份。但这些甜蜜的幻觉都破碎了。时光与理智所揭示的这个悲凉的事实真相令我痛苦不堪，我从中看到的只是我那无可挽回的命运，于是只有顺从这一安排。就这样，我在这个年纪所获取的这些经验，对我而言既无补于眼前，亦无益于将来。

我们自来到这世上之日起便犹如进了赛马场，一直要到死时，才能够脱身。而已然抵达赛马场的终点，再学成功驾驭马车的技巧究竟又有什么用呢？那时唯一有待考虑的，就是如何走出这赛马场。如果说一个老人仍需学点什么的话，则他唯一要学的就是怎样去死。这恰恰是在我这个年龄的人想得最少的，除此之外倒似乎什么都想到了。所有的老人都比孩子更吝惜生命，与年轻人相比，往往是他们更不愿舍弃生命。这是因为他们所有的辛苦都是冲着生命本身去的，而临近生命的终极他们却发现是白辛苦了一场。他们的挂虑、他们所有的财产、他们所有那些经过多少辛勤劳作的不眠之夜才得到的成果，在离去之时都得抛诸脑后。他们从未想到过要留取些什么在死时带走。

我还算是及时地悟出了这一切。倘若说我没有很好地利用这番思考的结晶，这并不是因为已为时过晚，或者说我还没来得及好好消化。从童年时代起，我就置身于社会涡流之中，我早就亲身体会到自己并不适合在这个社会里生存，知道自己永远也不能达到我心渴盼的那种境界。我那热烈的想象，放弃了在这人间寻觅我早就觉得无法找到的幸福，跃过我刚刚开始的生命，仿佛是飞往一个全新的境地一般，在一种我得以安居下来的宁静状态里休憩。

这种想法，源自童年所受的教育，之后又在我整个多舛的一生中，为一连串的苦难与不幸所增强，这就使得我把全部的时间都用来研究我自身的天性与用途，并且以任何人都未曾有过的兴味与仔细。我见过许多人，他们研究的哲理远比我的要精深，但他们的哲理可以说与他们自己都是不相关的。为了显得比别人博学，他们研究宇宙的结构，就好像出于单纯的好奇心去研究他们所撞见的某部机器一般。他们研究人性，只是为了在谈话时可以洋洋洒洒、头头是道，而不是为着了解自己。他们为教育别人而工作，却不是为了使自身受到启发。他们当中有不少人只是想写一本书，只要能出版，随便什么样的书都行。而他们的书一旦写成发行，书中的内容对他们来说便无关紧要了，除非是要使旁人接受或在遭到攻击时借以自卫，剩下的事他们自是不管，反正不是为了自己有所获益，只要不被驳斥，内容的真伪也没多大关系。但是对我而言，当我渴望学些什么时，我只是为了了解自己而不是为了教育别人。我一直以为在教育别人以前，首先应当做的便是为自身去探求知识。我一生在人群之中所尽力完成的学业，几乎没有一样是不能够拿到我预备了此残生的荒岛上去独自研究的。我们应该做的，除了本能的需求以外，很大程度上取决于我们信仰什么，我们的信念就是衡量我们行动的尺度。我恪守这一原则，因此我经常、持久地寻找生命真谛，以便用以指导我的一生。而当我察觉到不该在这样的世界里找寻这个真谛时，我很快就不再为自己处世的无能而苦恼了。

我出生在一个道德高尚、信仰虔诚的家庭里，又在一位智慧超群、笃信宗教的牧师身边长大。从幼年开始我就接受了别人称之为偏见的种种信条与准则，并且从未真正将之丢弃过。还是个孩子时，沉浸在自己世界里的我，为爱抚所吸引，为虚荣所诱惑，为憧憬所蒙蔽，迫不得已地入了天主教。但我后来一直是个基督教徒，并且很快出于习惯，我真心诚意地恋上了新教。华伦夫人的教诲和她自身的榜样更加深了我的迷恋之情。我的青春花季在乡间的清寂里度过，那会儿我全心投入地读了不少好书，这一切都使我更倾向于一种深情挚意的态度，使我渐渐成为费内隆[1]那一类的虔信之士。隐居生活里的沉思，对自然本性的研究，对宇宙万物的思索使得一个生性孤独的人马不停蹄地冲着造物主奔去，带着一种既柔和又热切的心情去研究他所目睹的一切真谛

---

1 费内隆（1651—1715）：法国高级教士及作家，崇尚寂静主义，为当时的路易十四所不容。

以及他所感受到的一切的起因。而当我日后终被命运抛至尘世的急流之中时，就再也找不到一点儿东西能让我的心得到哪怕是片刻欢愉了。我总是无法放下对往日种种快乐的追惜，这使得我对周围那些所谓能带来功名利禄的一切只是淡漠和厌恶。我也不知道自己那么急切地在找寻什么，我希求的并不多，得到的却更少，即便是在瞥见那一抹成功的微光时，我还只是觉得就算我得到了认为是自己正在寻找的一切，我依然不会得到内心渴盼的那种不甚明了的幸福。就这样，一切的一切都早已让我不再对这世界怀有什么感情，而随之而来的那些灾难更让我完全与之脱离关系。一直到四十岁，我就在这贫困与富有、理智与无常之间摇摆不定，虽然心中实在没有一点作恶的倾向，却已形成满身的恶习。我没有理性原则地误打误撞，总是不尽本职，但我并不是出于蔑视，而是因为对自己应该做的事不太清楚。

自年轻时候起，我就把四十岁当作一个界限，在此之前我努力工作以期达到目标，并且怀有各种理想追求。一旦到了四十岁，不论处在怎样一种状况里，我都决定只顺其自然地度过余生，不再为摆脱什么而挣扎，也不再担忧未来。时机一到，我就顺顺当当地执行起这项计划，虽然在那会儿我的命运似乎还应以某种更为巩固的方式定下来，我还是丝毫不觉遗憾地放弃了这份挂虑，并由衷地感到一种真正的快乐。从这一切陷阱、这一切徒然的希望中脱身出来，我一心一意地过起一种漫不经心的生活，使我的精神得到充分休息，而这才是我最大的兴趣和最持久的爱好。我远离这尘世以及它种种强有力的诱惑，摈弃一切赘饰，佩剑、挂表、白色长袜、包金饰物、漂亮的发型。我只是顶一团假发，着一身床单般的宽袍。更妙的是，我从心里根除了贪婪与垂涎，就是这种欲望将我摈弃的那一切衬托得极为珍贵。我放弃了那时所占的职位 [1]，因为我根本无法胜任。我开始誊抄乐谱，按页取酬，许久以来我都对这种职业怀有莫大的兴趣。

我的改革绝不仅限于外表。我感到改革本身所要求的就是一种更为艰巨的，但也是更为迫切的革新，那就是观念的革新。我下定决心要一次便见彻底，我着手于严格审查我的内心，在余生把它校准到生命终结时所需的那种状态。

我内心刚刚经历过一场巨大的变革，另一个道德世界在我眼前展开，我始觉人们那些怪诞的成见有多么荒谬。不过那会儿还没料到日后我几次三番就成了这些成见的牺牲品呢。我也厌倦了

1　1752 年至 1753 年，卢梭在法国财务主管弗兰格耶·杜邦处任秘书兼出纳。

那如烟云般飘至我处的文坛浮名，我知道自己需要的是另一种财富，我更希望我的余生可以走一条比过去的大半生更为可靠的道路……所有这一切都迫使我做一个深刻回顾，并且我早就感到有此必要了。我就是这样开始了内省，为了好好地完成，只要是取决于我的，我都不会忽略。

就是从那时候起，我彻底放弃了这尘世间的一切，对孤寂生活抱有强烈的兴味，甚而再也不想离开这种生活。我从事的工作只可以在绝对的遁世状态中进行，它所需要的那种平和持久的冥思，恰是社会的喧嚣所不许可的。这就强迫我在某段时间内采取另外一种生活方式。不久我就觉得这种方式真是好极了，虽然稍后不得不中断过一会儿，可是一有可能我就立即全身心地重新投入这种生活，再无杂念。后来人们迫使我生活在孤独之中，把我隔离出人群，以为这样就能使我陷于悲惨境地，我反而觉得他们是成就了一桩以我一个人的力量无法成就的好事了。

有感于这项工作的重要性，出于我的需要，我一心一意地沉迷进去了，虽然在开始时我还不曾完全投入。那时我与几位现代哲学家[1]生活在一起，他们与古代哲学家真是有着天壤之别。他们不是要消除我心中的疑团，使我不再彷徨犹疑，而是要动摇我对自认为是必须了解的一切观念的执着，因为他们是无神论的狂热的卫道士，是专横的教条主义者，他们无法容忍别人在任何一点上与他们存有歧义，他们会因此愤恨不已。我讨厌吵架，也不会吵架，所以通常我没有为自己辩解的能力，但我从来没有采纳过他们那些令人不悦的观点。我对那些令人难以忍受的人的反抗——他们自然是有自己的看法的——不失为他

---

1 专指狄德罗、达朗贝尔、格里姆等人。

们仇恨我的一个重要原因。

他们从未说服过我，但他们令我感到不安过。他们的那些论据的确从来没有战胜我，但却搅乱了我的思维。我一下子根本找不出什么有力的回击，虽然我觉得回击是应该有的。与其承认自己犯了错误，倒不如说是愚蠢更恰当些，因为我的心对他们有本能的反击，只是理不清罢了。

我终于对自己说：难道我就永远听凭自己在这些能言善道之人的诡辩中摇摆不定吗？而我甚至还无法确证他们大肆宣扬、热衷于让别人接受的那些观念是不是他们自己的看法。他们的感情支配着他们的理论，他们总是怀着莫大的兴趣让别人相信这个或那个，这种感情、这种兴趣真让人怀疑他们自己到底相信些什么。难道我们能在政党领袖们的身上发现什么诚意吗？他们的哲学是为别人的，而我需要的是属于自己的哲学。现在正是时候，我的余生还需要某种确定的准则，就让我尽一切努力来找寻吧。我已臻成熟，理解力也还强，但我已接近迟暮。如果我再等下去，我会在思考时无法集中精力，我的才智就会失去活力，我现在尽力做好的事情，到那时候就可能没法做得这么好了。还是好好抓住这有利时机吧，这既是我外表的物质变革的好时候，更是我内心的精神变革的好时候。让我一劳永逸地确定我的观念、我的原则，让我在余生里成为我深思熟虑后认为自己该成为的那一种人。

这项计划几经周折，进展缓慢；然而我尽一切可能全力以赴，专心致志。我有一种强烈的感觉，我余生的安宁和我整个命运就取决于此了。起初我好像置身迷宫一般，有那么多的阻挠、困难、异议、曲折和阴影，我曾多少次想要通盘皆弃，不再做徒劳的探索，按照那种常人共有的谨慎法则去思考问题，不再寻找虽属于自己但根本弄不明白的原则。但是这种谨慎法则对我而言却是如此陌生，我一点儿也没有遵循它的欲望，拿它来指导我的生活就仿佛是只身穿越暴风雨中的大海，没有舵，也没有指南针，只有一盏无法触及、不能把我带向任何港湾的信号灯。

我坚持下来了，生平第一次鼓足了勇气，也正是凭着这股勇气，我得以在那时已开始围困我而我还未曾有分毫察觉的厄运中挺过来。在做了任何一个常人都无法做到的极为狂热、极为诚挚的探索之后，我决定了这一生里对我来说非常重要的一切观点。如果说也许到头来还是要出错的话，至少我敢肯定我的错误不该被看作是罪过，因为我一直竭尽全力使自己避免犯下任何罪过。我并不怀疑，真的，我不怀疑童年时代积存下的偏见以及我心中暗暗的期许会使天平倾向于能让自己得到安慰的一边。我们很难不信仰自己如此热烈地向往着的东西，而又有谁会怀疑大部分人，他们希望什么，或害怕什么，还要虑及来世的评判，是接受，还是摈弃？这一切都有可能使我在评判时发生偏差。这我承认，但这绝不至于使我的诚意变质，因为在任何事情上我都不愿欺骗自己。而如果一切都归于一个如何利用一生的问题的话，我当然很有必要弄清楚，以便趁为时不算太晚之际，对取决于自己的这一部分善意加以利用，使自己还不至于完全沦为别人的猎物。但是我觉得这世上最可怕的事情，便是为了享受在我看来是没有多大价值的所谓的人世幸福，而将自己的命运永久地置于危险之中。

我承认，对于那些我们的哲学家唠叨了不知多少遍的，也是一直在困扰着我的困难，我并不是总能完满地加以解决。但是，我既然选定了超出人类智慧范围的这些问题来思考，尽管到处都是无法解释的疑团和无法应对的责难，我也并没有在我无法解决的责难面前停下。我在每一个问题上采取在自己看来是完全确定、本身就极为可信的观点，那些责难自会有其对立思想体系中同样强劲的异议去批驳。只有江湖骗子才会在这些问题上采取武断的态度。最重要的是要有自己的观点，并且凭借我们成熟的判断去选择。如果尽管如此我们还是犯了错，我们完全没有理由为此受到惩罚，因为我们不再负有任何责任了。这一无法动摇的原则便是使我能安下心来的根本基础。

我这番辛苦探索的结果，与我在《萨瓦助理司铎的信仰自白》[1]一书中所记载的大致相仿。这本书也遭到了当今这代人卑鄙的践踏与亵渎。但

---

1 《萨瓦助理司铎的信仰自白》1762 年被归入《爱弥儿》一书中发表，遭到了巴黎天主教派与日内瓦加尔文教派的查禁。卢梭在该书中宣扬了与狄德罗等人的无神论观点完全相异的宗教立场。

只要正义与善良还有再生的一天，它一定会在这人世间引起一场变革的。

从那时起，我在自己经长期深思熟虑所采纳的原则中静下心来，这些原则已成为我在行动与信仰上不可动摇的准则。我再也不去操心那些我无力解决，也无法预料，时不时地在我脑中翻新的责难了。有时我也还会为之不安，但思想再也不会被震乱了。我总是对自己说，所有这些责难不过是些玄妙的遁词与诡辩，相对于我那经过理智裁定、内心校准、无一例外地带有情绪稳定时心中默许了的印记的基本原则来说根本算不得什么。在这些超乎人类理解力的问题上，难道仅仅一个我不能应对的责难，就可以把这整套如此稳固，如此久经思量、谨慎蹴就，如此与我的理性、我的精神乃至我整个人相吻合的理论体系推翻吗？而这个理论体系，竟是得到了我内心在别的任何问题上从未有过的赞许的？不，我发现在我的永恒天性与这世界的构成之间、与支配这世界的自然秩序之间存在着一种契合，这绝不是枉费心机的某种论断就能够破坏的。我便在与之相应的精神秩序里找到了支撑自己度过生活中种种罹难的依靠，而这个精神秩序也正是我长期探索的结果呢。如果换了另外的一种，我会根本无以为生，会在绝望中死去。我将是芸芸众生里最不幸的一个。就让我坚持这个足以使我得到幸福的唯一的体系不受命运的摆布，不受旁人的干扰。

这番思考以及我从中得出的这个结论难道不是授意于天吗？是老天要我对即将降临的命运有所准备，让我挺过去。而如果我不曾有这个栖身之所，借以躲避那些残酷无情的迫害者，我所蒙受的一切耻辱依然无可补偿，我还一直处在绝望之中，以为再也得不到理应归我的公正了，我就只能眼睁睁看着自己一头扎进这世界上任何一个常人都不会遭遇到的命运里去，余生也被迫在这恐怖的氛围里惶惶不安地度过。如果这样，我早就成了什么样子啊，又还会变成什么样子啊？无辜的我曾经那么安静，以为自己受到世人的尊敬与欢迎。当我正敞开心扉、满腹信任地向我的朋友与兄弟吐露衷肠时，我竟遭到了背叛，他们早已默不作声地布下了在地狱深处编造的罗网！我对这最难以预料的不幸深感震惊，这对于一个骄傲的灵魂来说是多么可怕啊！我身陷污浊之中，却不知是谁害了我，又是为什么。在耻辱的深渊里，到处都只是阴森、凶险的东西，要不就是可怖的斑斑黑影。起初我真是惊痛得说不出话来，而如果我不是事先就具有从失败中重新站起来的力量的话，我就再也无法从这难以预料的不幸的打击中恢复过来了。

开始几年我还是在烦躁不安中度过的，之后我才清醒过来，回到自我中，才发觉以前自己为逆境积备下的力量是多么可贵。对于必须进行判断的事情，我早已有所决定，把我先前的准则与我现世的处境做了一番比较之后，我发现头几年我是把人们那种偏执的评判以及短暂一生中的桩桩小事看得过重了。其实人这一生，不过是一连串的考验而已，考验是这种或那种类型的，这并不重要，只要能起到注定的效果就行了。因此，考验愈是严峻、愈是沉重、愈是频繁，也就愈有利于成功地锻造人经受逆境的能力。所有一切最深痛的折磨，对于一个能从中发现巨大而可靠的补偿的人来说，也就失去了它们所有的威力，而对这份补偿的肯定正是我从先前的种种沉思中得出的最主要的成果。

　　是真的，那会儿我觉得自己要被四面八方涌

来的无数欺侮与无限凌辱压垮了，焦灼不安、疑虑重重的感觉时不时地要使我的希望破灭，安宁不再。我以前就无法应对的种种有力的责难也在我不堪命运重荷之时再度提出，给予我重重一击，我又差不多要深陷绝望之中了。我的脑袋被那些前赴后继、不断翻新的论据折腾着。啊！我心痛欲裂，于是问自己：如果在这如此痛苦的命途上，我的理智带给我的慰藉原不过是些幻想，究竟还有什么可以使我避免坠入绝望的深渊呢？而如果我的理智竟又破坏了它自己的杰作，把所有它曾给予我的支撑我渡过逆境的希望与信心统统推翻，而在这世上仅仅能哄骗我一个人的幻想又算是什么支柱呢？整整这一代人都认为我独自赖以生存的这些观念全是些错误和偏见，真理和事实是在与我的理论截然相反的体系里的。他们甚至不相信我采纳这些观念是出自诚善之意，而心甘情愿投身其中的我，也觉得碰到了难以克服的困难，虽然不会令我就此放手，却也着实解决不了。如此说来，我也许是芸芸众生里唯一的智者、唯一的贤明？难道只需这世上万物适合于我，我就可以相信它们原本就是这个样子了吗？难道我真可以持有这样的信心，尽管在别人眼里是如此不可靠，并且倘若我的心不能支持我的理性，对我而言它也是那么虚空？难道对待迫害我的那些人，采用他们的处世方法，以其人之道还治其人之身不比我固守着自己这虚幻的一套，徒受他们折磨却不做任何反击更好吗？我自以为聪明，而我不过是别人的玩物，是虚妄错误的牺牲与陪葬而已。

多少次，就在这重重疑虑与动摇中，我几乎又要身陷绝望！只要我在这种状况里待上一个月，那么我这一生，连同我这个人就彻底完蛋了。幸而这些危急时刻，在过去那几年固然频繁了些，却总不会为期太长。现在虽然还不能说我已完全从中解脱，但已十分罕见，简直是一闪而过，根本无力再扰乱我的安宁了。这种无法触动我心的微虑有如一片羽毛飘落在河中，哪里会使河流的方向发生什么改变呢？我曾感到对我以前决定下来的那些观点发生质疑，也许能给我以新的启迪，一种更成熟的判断，或者说一种对真理更加执着的追求，而这些是我在当初的探索中不曾有的。但上述任何一种都不是也不可能是我的情况，我有什么站得住脚的理由非让自己接受那些在我几乎被绝望压垮时徒增困苦的观点，而去拒绝那些在精力充沛之年、智力成熟之际，经过严格审查，在真正教我懂得真理的生活的幽静时期所酝酿起来的见解呢？而今我是满心悲痛、忧苦重重，想象力受了惊，脑袋也被困扰着我的种种可怕的神秘搅乱了，我的才智日渐衰退，在惶惶不安的岁月里几乎丧失了它们所有的活力。我凭什么要摈弃我早先积备下来的能量？凭什么要抛弃能补偿我不应当蒙受的一切苦难、依然活力充沛的理性于不顾，反倒相信起不公平地陷我于不幸的那种理性？不，现今的我绝不比做出这些决断时的我更智慧、更明哲、更诚挚，虽然那时我还不曾想过如今困扰我的这些难题。但是这些难题并不就能真正困住我，再说就是再有无法预料的新难题出现，也不过是些狡猾玄虚的诡辩而已，又怎能使在所有时代，为所有智者、所有民族接受的，被镌刻于心永远也抹不去的永恒真理发生动摇呢？在思考这些问题时，我明白过来，人类的理解力毕竟是有限度的，当然无法全面掌握所有的真理。我只该顾及在我可及范围内的这一些，对于超出范围的也就不需追究了。过去我采用的就是这个方法，非常合理，我在我的心和我的理智的一致赞同中坚持下来。今天有这么多强有力的理由让我继续这个方法，我又凭什么要放弃呢？我放弃了又会有什么好处呢？我假如学会了迫害我的那些人的理论，接下去就是要学他们的道德观了吧？他们的道德观，不是无缘无故地只列在书上大谈特谈，或搬弄到舞台上炫目的闹剧里的那一套，就是另外一套秘而不宣的残酷的道德观，内行拿去做内心指导，成为他们的行动准则，又正好巧妙地用来对付我，对旁人而言却不过是个面具。这样的道德观，纯粹是攻击型的，只能用来寻衅滋事，对自我防卫可起不到一丁点儿作用。我已经沦落到这种境地了，这种道德观对我而言还能有什么意义呢？我的清白便是我在诸多苦痛中的唯一支柱，如果我摈弃了唯一的这个强大的力量源泉，真不知道还会有多么不幸呢。在害人的本领上，我如何又能赶上他们，换句话说，即便有所成就，给他们造成了伤害，又如何能减缓自己的痛苦呢？我什么也不会得到，只是徒然丧失自尊而已。

就这样，在和自己进行了一番论证之后，我终于不再动摇自己的原则了，任那些哄人的论据、无法应对的责难以及早已超出了我的范围甚至超出了人类思想范围的难题去作祟。我的思想正处在前所未有的最稳定的境况中，躲在良心的保护伞下，渐渐习惯了安居的日子。外界的任何理论，旧的也罢，新的也罢，再也无法使之发生动摇，再也无法扰乱它的片刻安宁。我开始衰退迟钝，已经忘了我的信仰与准则是建立在什么样的推理上的，但我永远也不会忘记我从中得出的结论，那是得到我的良心、我的理智认可的，从今以后我会永远坚持下来。让那些哲学家来横加指责好了，他们不过在浪费时间、浪费精力。在余生里，任何一件事情我都会坚持当初正确选择时就拿定了的主张。

　　就是在这样安定的情绪里，我找到了在当前境况下所需的希望与慰藉，感到无比快慰。当然，在如此彻底、如此持久、如此自怜自艾的孤寂中，整整一代人又总是对我怀有一种强烈敏锐的仇恨，不停地凌辱我，想要压垮我，我还是会不时陷入沮丧之中。希望再次面临幻灭，那种令人泄气的犹疑也要来扰乱我，令我的心悲哀不已。那时我不可能再思考什么让自己平静下来，我需要的便是回顾过去的抉择。我下定决心时的那种缜密、专心、诚挚的样子重新浮现在记忆中，让我再度树立起信心。如此我摈弃了所有的新观念，那些只会是致命的错误，外表浮华些罢了，只会扰乱我的安宁。

我就这样局限于原有的知识里，不像梭伦那样幸运，可以日渐衰老而学习不辍。甚至我还得竭力避免那种危险的虚荣心，贪求我不能很好了解的一些东西。但如果说我已不再希望得到什么有用的知识的话，修习必要的德行对我而言却还相当重要。现在正是用某种日后带得走的东西丰富和充实心灵的时候，到那时候，它从阻碍它的肉体中解脱出来，看见了未经掩饰的真理，它会感叹我们这些虚伪的学者所看重的这些知识是多么可悲。而耐性、温柔、顺从、正直、不偏不倚的公正，都是我们带得走的财富，我们可以拿来不断地充实自己而不必担忧死亡会使其丧失价值。我晚年的所有时光都将投入这唯一一项必要的研究里去。如果通过自身的努力，即便不能在生命终结时显得比生命伊始时更优秀——因为这是不可能的——至少该在德行方面更加完备一些。

漫步之四

在如今我还偶尔一读的几本书里，普鲁塔克[1]的那部作品最为我喜爱，且令我受益最多。这是我童年时代阅读的第一部作品，也将是我晚年阅读的最后一本书。普鲁塔克几乎算是唯一一位让我每读必有所获的作家。前天，我在他论述伦理问题的著作里看到了这样的一篇：《如何得益于敌人》。也就是在同一天，我整理作者们亲

---

1 普鲁塔克（约46—120）：古希腊传记作家，这里指的是他著的《希腊罗马名人传》。

自寄来的一些小册子时，突然瞥见了罗西埃[1]神父的一篇日记，在标题下他写道："献给献身于真理的人[2]。——罗西埃"。对于这些先生的伎俩，我真是太熟悉不过了，绝对不至于在这种事情上被糊弄。我很清楚这些看似彬彬有礼的言辞实际上都是残忍的反话，可他凭什么这样说呢？这讽刺到底源出何处？我究竟有什么把柄给他们抓住了？为了充分利用普鲁塔克这位好老师教授我的知识，我决定第二天漫步时就谎言这个问题好好反省一下，并且我去散步时仍然坚持着一个想法：要照德尔斐神庙中那句"要有自知之明"的格言去做，还真不像我在写《忏悔录》时想的那么容易。

1　罗西埃：植物学家、记者，曾与卢梭一道采集植物标本。
2　原文为拉丁文，影射卢梭在《山间信札》的卷首题词："献身于真理。"

第二天，走在路上，我便将这项计划付诸实施。当我开始沉思时，第一个掠过脑海的还是年少时那个可怕的谎言[1]，我的一生都被这件事困扰着，一直到晚年，它依然使我这颗已为此饱受折磨的心内疚不已。就谎言本身来说，这个罪过已经够大了，更何况我对它造成的影响一无所知，只是因着内疚竭尽想象而赋予它最残忍的结果，于是就更是一桩重罪了。但是，如果追究我撒谎时的心态，这个谎言的确只是出于羞怯之情，绝没有一点点要损毁受害者的意图。我敢对天发誓，即便是在我的谎言被无法克服的羞愧感逼得脱口而出的那一瞬，如果可以由自己独立承担这个谎言的结果，我会不惜以生命的代价来换取的。这是一种我根本解释不清楚的谵妄，我想，

———

1　参见《忏悔录》第二章，指卢梭诬陷女仆玛丽永一事。

也只能这么说，在那一瞬害羞的天性战胜了心中的一切意愿。

这个不幸事件深深铭刻在我的记忆之中，随之留下的是绵绵的悔恨之情。从此我对谎言感到由衷的恐惧，因而在以后的日子里也就能够避免再犯。我选定这句座右铭时，的确认为自己是配得上的，而当我读到罗西埃神父这句题词，开始对自己进行极为严格的审查时，我依然不怀疑自己当之无愧。

然而，一番仔细的自我剖析之后，令我极为惊异的是，我想起有很多事情，我把它们当作真的来讲，而实际上都是自己编出来的，并且在那时候，我还当真为自己对真理的挚爱而自豪呢。我觉得自己用一种在这世上无人能及的公正为真理牺牲了安全、利益，乃至我整个人。

尤其让我吃惊的是，当我回忆起这些编造

出来的事情时，我居然没有一丝悔意。我一向憎恶虚假，但是此时我的心平衡得很，什么感觉也没有，即便谎言可使自己免遭酷刑，我也会舍谎言而取酷刑的。那么，究竟是出于何种怪诞的逻辑，我竟毫无必要、毫无好处可言地像这样轻松愉快地撒起谎来呢？究竟又是出于何种难以理喻的矛盾，我竟不觉一丝悔意？而我，还是一个被某桩谎事不停地折磨了近五十年的人啊。我从来不会对自己的错误视若无睹，道德本能一直约束着我的行动，我的良心也正直如初，就算良心有时会屈从于利益的需要，那么又是为什么，当一个人为激情所役使，至少可以拿软弱做借口时，良心却会不失公道，倒是在一些无关紧要的小事上，在找不到一点理由来宽宥自己时失去正义了呢？我发现，在谎言这点上，能否正确评判自己，正是取决于这个问题的答案。在潜心思索之后，我总算能对自己有所解释了。

记得我读过一本哲学书，上面说，撒谎就是掩盖了我们应当揭示的真相。这条定义意味着如果这是个不必澄清的真相，没说出来也就算不得撒谎。但是倘若在相同情况下，一个人不仅没有说出事实真相，反而把真相反过来说，那么他是撒了谎，还是没撒谎呢？根据定义，恐怕不能说他是在撒谎，因为这就等于他并不欠人钱，却把一枚假币给了别人，无疑他是耍了这个人，但他并不曾欺诈这个人。

这里需要考虑两个问题，或此或彼都是很重要的。头一个，就是在何时、何种境况下别人有权知晓真相，因为并非随时随地都有此必要。第二个，就是是否存在这样的情况，我们能够进行无罪的欺骗。关于第二个问题，答案已经十分明确，我知道，书里都做了否定的回答，尽管书的作者们对那种严厉、苛刻的道德从未加以理会，而社会却做了肯定的回答，因为社会向来把书上的那种道德伦理视作不可实现的空谈。让这些权威去自相矛盾吧，我要用自己的原则，为自己解答这些问题。

普遍的、抽象的真理是一切财富中最可珍视的。没有真理，人就像瞎子一样，真理是理性的眼睛。正是通过真理，人才学会做人，做该做的人，做该做的事，人才学会向万物的真谛迈进。而特别的、个人拥有的真理却并非总是好的，有时甚至还有害于人，更多时候它则没有什么大碍。人所必须了解的，与之幸福攸关的事也许为数不多，然而毕竟多少都是人应得的一份财富，无论他在何处找到这份财富，他都有权要求得到，倘若别人侵占了，就是犯下了最不道义的诈骗罪，因为虽然说出来后这成了所有人共有的财富，但凭什么奉献出这份财富的人要被剥夺拥有权呢？

至于那些既无教益亦不具实践意义的真理都算不上是一种财富，又如何能将之视作对别人欠下的债呢？而且，财产总是要有所用，才可称之为财产，如果毫无用处，又何谓财产？哪怕是块不毛之地，我们也理所当然有权要求，因为至少这样我们可以安居于此地。然而一桩无关紧要的事实，在任何人看来都是那么无足轻重，更不会对任何人产生什么影响，则无论这是一桩怎样的事实，真也罢，假也罢，都无所谓得很。我们总不会欠别人一样毫无用处的东西，而如果真欠了别人什么，则必须是有用的，或能派上用场的。如此推断，必须揭示的真理只能是有关正义的。如果将"真理"一词用于徒然无益的事物，那简直就是对这个神圣名词的亵渎，因为那些事物的存在对任何人而言都不具有多大价值，根本无须有所了解。真理若是不具任何用途，哪怕是某种潜在的用途，就不会成为对别人非说不可的事，因此也就是说对此未加披露或加以歪曲算不得是撒谎。

但是，是否存在这种真的毫无结果，且从任何角度看都一无用处的真理呢？这是另一个有待讨论的议题，我们回头再谈。至于现在，还是让我们来看看第二个问题。

不讲出真相与撒谎当然是两码事，但引起的结果可能是一样的，因为只要造不成什么影响，这样的结果自然不会有多大区别。真相是无关紧要的，则与之相违的谬误也就是无关紧要的，亦即说在相同情况下，把真话反过来说，骗人并不比保持缄默要来得不道义，因为这都是些无用的真话，在这上面犯错误不会比一无所知更糟糕。

我为什么要知道大海深处的沙是白色的，还是红色的呢？对我而言，这与我不知道沙的颜色是一回事，根本无所谓。在无损于别人的情况下，又如何能说不道义呢？不道义，是就伤害到别人而言的。

但是，这些问题虽然看上去简简单单就解决了，真要付诸实践，似乎还不太保险，并且要拿来应付随时随地可能出现的各种情况，做到准确无误，也还澄清得不够彻底。如果说，是否该讲明真理取决于这真理是否有用，那么我该如何验证真理的用途呢？往往于一个人有利，就会于另一个人有害，个人利益几乎总是与公众利益相冲突的。在诸如此类的情况中，我们应当如何处理？牺牲不在场的人的利益而去迁就我们面对的那一方的利益吗？应当闭嘴不谈还是说出有利于此却有害于彼的真理？难道说该把所有砝码都加到公众利益一边，我们该不该说应在衡量各人所应配给的公正后再做决定？可我又怎么能保证自己对事物间的所有关系有足够的了解，由此按照平衡法则分配我的所知所言？另外，在仔细衡量了对别人应付的一切以后，我是否也很好地衡量了对自己所亏欠的，以及对真理本身所亏欠的一切呢？如果说我没有欺骗别人，没有犯下任何损害别人的错误，随之而来的问题便是有没有对自己犯下错误，并且这是否足以说明自己的清白，说明自己从未有过任何一点不公正呢。

要想从这如此令人困惑的争论中脱身倒也是件容易的事，只要我们对自己说：无论发生什么事，让我们坚持真理。公正本身是存在于事实真相之中的，倘若我们将并不存在的东西作为行动与信仰的标准，谎言总是极不公道的，而所谓错误亦就是进行了欺骗。无论真相会带来什么样的结果，只要我们不曾添加自己的东西，说出来便无须承担什么罪责。

但如此了结问题，问题还是没有得到解决。这里我们要讨论的不是永远坚持讲真话好不好，而是在于我们是否在任何时候都有必要说出来，并且根据我对那条定义的考察——在上述问题上那条定义已做出了否定的回答——将两类情况加以区别：一类是必须揭示真相的，另一类则是可说可不说，甚至有所歪曲也不算撒谎的。后一类情况我真觉得完全是存在的。于是，现在所要做的便是寻找一条确定的准则来认识这两类情况并有所界定。

但如何得出这条准则，又如何确保它准确无误呢？在解决所有类似的极为困难的道德问题时，我总是听凭良知的指导，而不是受理性的启发，我一直非常满意这种方法。道德天性从来不会欺骗我，它纯洁如初，完全可以得到我的信赖，即便说它有时会在我激情汹涌下保持缄默而不再对我的行为有所约束，在回忆往事时它却始终左右着我的情感。也许正是基于这点，我可以说此番自我审视的严格程度，绝不会低于来世里的最高审判。

想要通过言辞产生的效果来评判人们的言辞，往往会不尽如人意。因为一来这种效果并不总是易于为人感触或了解，二来它会由于言辞所处的场合不同而发生无穷变化。只有通过考察发布言辞的动机才可以对言辞有所评判，才可以决定其善或恶的程度。未讲真话只有在试图欺骗时才叫作撒谎，甚至有时虽有意行骗，却不是为了害人，目的还会恰恰相反呢。但这并不等于说只要不抱有明确的损人的意图，谎言就是无辜的了，还必须保证，不论这是个怎么样的谬误，都不应当对被牵连进来的人乃至对任何人构成伤害，很难也很少有这样的保证。因而从这个意义上来说，很难也很少有完全无辜的谎言。为了自己的私利撒谎是一种欺诈，为了别人的利益撒谎同样也是一种欺诈，而以损人为目的撒谎该叫作恶意中伤，这是谎言里最坏的一种。倘若既非损人损己，亦不利人利己，就称不上是撒谎，这只是虚构，而不是谎言。

有些虚构是带有某种道德目的的伦理故事或寓言，因为它们的目的只是，或者说只能是用感性的、悦人的形式把真相包装一下。所以在类似情况下，我们没有必要掩饰不过是真理外衣的谎言，并且只为故事本身而说故事的人无论如何也算不得是在撒谎。

还有一些虚构纯粹只是游戏，正如大多数故事小说并不含有什么教益，只是用来消遣一样。

这些不带有任何道德功用的虚构，便只能通过编造者的意图来检验，如果编造者用极其肯定的态度把它们当作真正的事实来散布，也许我们的确无法否认这叫作谎言。然而又有谁会真正顾忌这种谎言呢？又有谁真正为此严厉指责过谎言的编造者呢？举个例子，如果说《尼德圣殿》[1]有什么道德意义的话，这个意义也完全被那些淫荡的情节和色情的画面弄模糊了、破坏了。而作者为了掩饰这些，使之披上体面端庄的外衣，又都做了些什么啊？他假托这部作品乃是译自希腊文的原稿，并且为了说服读者相信他说的是真的，他将发现手稿的过程编得绘声绘色。如果这还不算是谎言，那么什么才叫作谎言呢？但是谁会控告作者行骗，谁会把作者看成是骗子呢？

---

1 《尼德圣殿》：孟德斯鸠1725年的作品，发表时假托译自希腊作品。

也许有人要说这不过是个玩笑，作者虽然用了那么肯定的语气，但没有刻意要说服谁，再说实际上他也没有说服任何人，公众都确信不疑地认为他绝非自己所宣称的译者，而根本就是这部所谓希腊作品的原作者。但依我看，这类玩笑真够愚蠢、幼稚的。一个撒谎者，即便他的肯定没有说服任何人，撒谎的性质并不会就此淡化。更何况虽然有部分读者文化素养比较高，大多数读者仍然是幼稚轻信的。对他们而言，一个严肃的作者满怀诚意地编造了这个关于手稿来历的故事，肯定不该让他们上当，这就如同喝了用古式酒杯盛的毒药，而如果换上现代容器，他们至少也会有一丝疑虑的。

这些差别，不论在书中是否存在，至少在诚心待己的人的心中，是不会分不清楚的，因为这种人不能让自己受到良知的谴责。为了有利于自己说谎话，与为了损害别人说谎话相比，并非前者所含的撒谎的成分要少一些，虽说在前一种情况下所说的谎言看似少一分罪恶感。将利益给予不应得的人，这也是在破坏公正的秩序：将有可能招致赞扬或责备的行为强加到自己或别人头上，是定罪也罢，辩白也罢，都是做了不公正的事。一切与真理相悖的东西，只要损害了公正，不论是以哪种方式，都是谎言。这才是确切的界限。但倘若与真理相悖，却与公正没有一点儿关联，那就不过是虚构罢了。如果有谁把纯粹的虚构当作谎言并由此自责的话，我就承认他的良知的确更甚于我。

那些所谓出于好意编造的谎言也是真正的谎言，为了自己或他人的利益进行欺骗，与为了损害他人或自己进行欺骗相比，并不见得要公正到哪里去。谁要有悖事实地赞扬或责备一个确实存在的人，那就是撒谎。当然如果只涉及自己想象中的人物，便可以说自己想说的一切，算不上撒谎，除非是根据编造的事实做出了有关道德观念的错误评判。因为如果这样，虽然算不得是在事实这个问题上撒谎，却是有悖于道德真理地撒了谎，后者远比前者严重得多。

然而这类人，恰恰是这世上所谓的诚实人，他们所有的真实性都表现在当他们谈着那些无聊的话题时，总是竭力在时间、地点、人物上做到忠实，不允许有任何虚构，不允许自己弄错一点点细节，或者有一点点夸张。只要不触及自身的利益，他们的确是本着不可侵犯的忠实原则叙述的。但倘若是对待或讲述与他们自身休戚相关的某个事件，他们则刻意渲染，这样事情就可以从对他们最为有利的角度被呈现出来，这时如果谎言对他们极为必要或不得不由他们自己来撒谎的话，他们的手段会极其高妙，使谎言不仅为人接受，而且撒谎的罪过还不会由他们来承担。这可是出于谨慎啊，和真实说声永别吧。

而我谓之**诚实**的人却正好相反。在一些无足轻重的小事上，别人看重的真相对他而言是没有任何意义的，他会无所顾忌地捏造出一些事情来逗乐同伴，只要这些事不针对任何人，活人也罢，死人也罢；只要这些事不招致任何不公允的评判，赞许也罢，反对也罢。然而任何有悖于公正与真理的谎言都不会从他心中、嘴里、笔下流露出来，不论这谎言对人有利还是有害，抑或是出于对人的尊重或蔑视、赞扬或责备。这样的人才真正可以称作诚实，哪怕是在与自己的利益相冲突的情况下，他也会坚持这种在那类无聊的谈话中无可炫耀的诚实。他是诚实的，就在于他从不试图欺骗任何人，对于指责他或给他荣耀的真理都一概忠诚，从不为了自己的利益或为了伤害自己的敌人而进行欺骗。我所说的诚实的人与另一种诚实的人之间的区别就在于：世人所谓的诚实的人仅仅忠于对自己来说无关痛痒的真理，绝不超出这一范围，但我所谓的诚实的人，他们在需要为真理自我牺牲时才更显其忠实本色。

但是，有人又会说了，你对诚实开出这么多条件，又如何显示出你所鼓吹的对真理的一腔挚爱呢？这种挚爱还包含有这么多的这个那个，恐怕是虚伪的吧？不，这种爱纯洁而真实，但它强调了对公正的挚爱，虽然难免会有些虚构的内容，却绝不是虚伪的。公正和真理在这种情况下是同义词，这份爱对它们一视同仁。充满这种爱意的人，他心中崇尚的神圣真理从不基于无关紧要的事实，甚或一些一无用处的名词，他是要将亏欠每个人的东西交还给他，那些真正属于别人的东西，功绩或罪过、荣誉或诘难、赞扬或指责，统统交还给人。没有虚假，也不会刻意反对谁，因为他的公平法则不允许，他的良心一定会阻止他不公平地伤害人，也包括他自己，他绝不会把不属于自己的东西占为己有。他最为珍惜的是他的自尊，这是他最无法舍弃的财富。倘若要他以牺牲自尊为代价去谋取别的东西，他会感到这才是真正的损失。也就是这个原因他有可能会在某些无关紧要的小事上撒点谎，甚至自己还没觉出是在撒谎，但他从来不会为了利人利己或害人害己而撒谎。可是有关历史真相、有关人类品行、有关公正或人与人之间的关系准则、有关有用的知识的一切，凡取决于己，他一定会竭力避免一点儿差错，对别人对自己都是如此。除此之外就算不得是谎言了。如果《尼德圣殿》是一本有益的书，那么关于希腊手稿的杜撰就是无辜的虚构，而如果这是一本危险的书，这样的杜撰则完全是理应受到惩罚的谎言。

这些就是我的良知在谎言与真理的问题上所定的准则，我的心早在我的理性接受这些准则前就按着去做了，纯粹出自道德本能。那个使可怜的玛丽永成为牺牲品的谎言如此罪恶，留给我永远无法抹去的悔恨，这使得我在以后的日子里不仅得以避免任何类似的谎言，而且只要是触及别人利益与名誉的谎言，无论何种形式，我都绝不再撒了。把这样的谎言圈出来，我就省了权衡利害的麻烦了，更不必去画出以损人为目的撒的谎与出于善意撒的谎之间那条精确的界线。我将两类谎言都视为罪恶，根本不允许自己撒这种谎。

在这件事上与在其余事情上一样，我的脾性在很大程度上影响了我为人处世的准则，或更确切地说是决定了我的习惯。我这个人很少按规矩行事，或者说在任何事情上我都不会遵从并非出自本性的准则。我从未预先策划要撒一个谎，也从未为自己的利益撒过谎，但是我经常会因为害羞而撒谎，为了在一些无关紧要的小事上或最多只与自己有关的事情上摆脱困境。比如说在谈话的时候，我的思想总是跟不上趟，眼见谈话要冷场了，我就不得不借助虚构，这样才有话好说。当必须说话或是尚未想起足够有趣的事情时，为了避免一言不发，我就杜撰一些东西。但我编这些故事是尽量小心的，免得编出些真正的谎言，也就是说这些故事绝不会有损于公正或是应当为人所知的真相，充其量只是些与他人、与自己都没多大关系的虚构。我希望的只是在这个过程中以道德真理来替代事实真相，亦即想表现人心自然流露的真情，从中得出某种有用的教益，用一两个词就能概括整篇的道德故事或寓言。但这要求更为敏捷的才思和更为伶俐的口齿，以便利用这类无聊的谈话对人进行教育，可偏偏我又做不到。何况谈话速度通常比我的思维速度要快，这就迫使我在思考前就开口了，蠢话连篇，尽管我的理智与我的心是反对的，然而往往在做出这些是非判断之前，蠢话就已脱口而出，再也无法更改。

依然是在这种原始的、无法抗拒的本性驱使之下，通常在意想不到的事情悄然而至的时刻，只是为了及时应付，羞愧及怯意使得我撒了本意绝未要撒的谎。关于可怜的玛丽永的深刻回忆提醒我不能再撒害人的谎，却无法阻止我为了摆脱困境说些谎话，尤其是这些谎话又只牵涉到我自己。然而，这类谎言和那类改变别人命运的谎言一样，也是有悖于我的良心和原则的。

我可以对天发誓，倘若事后我能够收回这

些意在自我辩解的谎话，而将使我负罪颇深的真相说出来，并且不会因反反复复再次招致嘲弄的话，我一定是心甘情愿这样做的。但是我出于羞愧犯下了错误，同样因为羞愧而没有勇气改正，虽然我真心诚意地为这个错误深感歉疚。有个事例可以清楚说明我的意思，我撒谎的确既非想得到什么好处，亦非出于自私，更不是为了贪欲或恶念，我只是因为尴尬，因为难堪，有时我也很明白大家都了解事情的原委，撒谎对自己也起不到多大作用。

不久以前，富尔基埃先生嘱我破例一次带上太太到饭店老板瓦加辛夫人那儿聚餐，他和他的朋友伯努瓦都去，席间那位夫人和她两个女儿也在座。正吃饭的当儿，那个刚结婚不久并已有身孕的大女儿竟直瞪着我，突然问我是否有过孩子。我窘得眼睛都红了，回答说我没这个福气。

她看着周围在座的人，不怀好意地笑了。这一切的意思再明白不过了，我自然也知道。

显然，就算我有意欺骗，也不至于做出这样的回答。只是在当时那种情况下，我早从宾客们的脸上看出无论我怎么回答，都根本就不会改变他们在这个问题上对我的想法。他们早就在等着我否定的回答，甚至是在诱我撒谎好以此为乐。我倒还不至于迟钝到这个地步，连这一点也察觉不出来。两分钟后，我才想到自己该这样应对：一个年轻女人向一个过着单身汉般晚年生活的男人提这种问题，恐怕不太得体吧。如果这样回答，我则既没撒谎，也不会因为招认了什么而脸红的，她反而成了被取笑的对象，还给了她一点小小的教训，好让她以后不要再冒冒失失地向我发问。可我该做的什么也没做，该说的什么也没说，说的是不该说的，当然也就没什么用。可以肯定的是我的判断、我的意愿未曾对我的回答有过一丁点儿的指导，这个回答完全只是情急之词。以前我从未有过难堪的感觉，我总是很坦率地承认自己的错误，没发现有什么好羞愧的，因为我不怀疑人们注意的是我将对我所犯的错误进行弥补，我也不怀疑我在自己身上所感觉到的品质，人们一定也会看到的。但人们那恶意的目光着实伤害了我，令我张皇失措，而越是身处不幸，我就越是害羞，我一直是因为害羞才撒谎的。

我从来没有比在写《忏悔录》时更感觉到自己对谎言竟具有如此本能的憎恶。因为那时只要我对谎言稍有偏好，这部作品就会谎言连篇，且篇篇精彩。但是正相反，对于我该说的一切，我绝没有缄默不言，佯作不知，这是一种我自己也解释不清的，别人更无法效仿的脾性。我甚至觉得从另一种角度说我倒是撒了谎，因为我不仅没有宽大为怀原宥自己，反而对自己过于严厉，我的良知告诉我日后再也不会有比这种自我评判更为苛刻的了。是的，我可以说，因为我感觉到了，带着令人骄傲的灵魂的高贵感觉到，我在这部作品里所倾注的诚意、真实和坦率，远非世人能及，至少我是这么认为的。在我身上，善的成分要比恶的成分多，把一切说明白该是对我有利的，于是我就说出了一切。

我从来没有少说点什么，倒是有时会多说一点，不过不是编造事情本身，而是在有关于事情所处的情境方面做点文章。这类谎话，与其说是为欲所使，倒不如说是狂热的想象力的产物。甚至于我根本不该称其为谎言，因为类似的添油加醋，又有哪一点可以确切地被算作是谎言呢？写《忏悔录》时，我已年近衰迈，早已厌倦了生活里那些一掠而过的虚浮的乐趣，心中觉得甚是无味。我是凭借回忆来写《忏悔录》的，而这些回忆往往残缺不全。为了充填这些不完备的回忆，我就用我想象的细节来补白，作为这些回忆的补充，但我从来不会反过来说。我喜欢徜徉于生命中的那些幸福时刻，有时尚觉缺憾，便会再点缀一下、美化一下。这些已然淡忘的事情，它们按理该如何发展下去，我就如何说，弄不好它们原本就是这样的呢，反正我绝不会把事情反过来说。有时我是会在事实基础上增添一点不相干的迷人的细节，但我从不会用谎言欺世盗名。

即便说有时我不假思索，在从侧面角度进行描绘时不经意就掩饰了丑陋的一面，这一类的省略也可以说已被另一类颇为奇特的省略弥补了，通常我在善面前比在恶面前更容易保持缄默。这是我天性里的怪异，倘若别人不信，完全情有可原，但无论如何令人难以置信，这仍然是真的。在陈述自己的恶事时，我通常会有多无耻就说得多无耻，而说到好事，则不会它有多好我就说得多好，往往我会完全沉默下来，因为觉得好事往我脸上贴了太多的金。如果照这样去写《忏悔录》，我就好像是在给自己唱赞歌呢。在描写我的年轻岁月时，我从未炫耀过自己天赋中那些难能可贵的品质，甚至删除了一些太使之显山露水的事实。在这里我想起了童年的两件事，其实在写《忏悔录》时也不是忘记了它们，而是仅仅出于上述那个原因，我将两件事都略去未提。

那会儿我差不多每个星期天都要去巴齐的法基先生家，他是我的姨父，在巴齐开了一家印花棉布厂。有一天，我站在轧光机房的晾干架边看房中那些铁铸的滚筒。我很喜欢看它们闪闪发光的样子，便试着把手指放上去。正当我满心快乐地抚摸着它们光滑的表面时，站在轮旁的小法基却将轮子旋了半圈，恰巧把我两根最长的手指卷了进去，这足以把我的指尖轧得粉碎。两片指甲剥落下来，粘在滚筒上。我尖叫一声，小法基赶紧将轮子转回去，只是指甲依然牢牢嵌在滚筒上，血沿着手指流下来。小法基惊呆了，从轮边跑过来抱住我，恳求我不要再叫了，还说他要完蛋了。尽管我自己疼到了极点，但他的痛苦还是感动了我，我就没再吭声。我们到了蓄水池边，他帮我洗干净手，并敷上青苔止血。他涕泪涟涟地求我不要告发他。我答应了，于是一直到二十年后仍然没有任何人知道，究竟是因为什么事故，我的这两根手指落下了这永远也去不掉的大疤。我被迫在床上躺了三个多星期，而且两个多月的时间里我都无法再使这只手，可我一直坚持说手指是被滚落下来的大石头砸伤的。

> 真实的谎言啊！难道还有比你
>
> 更美的真相让我们舍你取他吗？[1]

然而这次事故给我留下了深刻印象，这是因为它发生在操练的那个时段。那会儿人们把平民集中起来操练，我原本该身着制服，和三个与我年纪相仿的孩子排成一行，加入街区的连队一道训练。而我只能躺在床上，听着我的三个同伴伴着连队的鼓声打我窗下走过，我是多么痛苦啊。

另一个故事也和这个差不多，只是年龄比较大一点了。

我跟一个叫普兰斯的小伙伴在普朗宫玩槌球。游戏中我们争吵起来，拳脚相向。在争斗中，他用槌棒在我无遮无挡的脑袋上敲了一记，敲得

---

1 原文为意大利文。语出意大利诗人塔索（1544—1595）的《被解放的耶路撒冷》之《索夫罗尼的故事》一节。

可真用力，再重点儿我就保准脑袋开花了。我立马倒了下去。看到血顺着我的头发流下来，可怜的小男孩慌乱极了，那种神情真是我一生中从未见过的。他以为杀死了我。他冲向我，把我抱在怀里，紧紧拥着我，一边哭一边尖叫。我也竭尽全力抱住他，同他一道哭。那真是一种无法言喻的却不乏柔美的感情。后来他便着手为我止血，但血一直源源不断地流下来，眼看我两条手绢都浸透了，于是他把我领到他母亲那里。他母亲在附近有座小花园。那位温善的夫人看到我这样险些晕了过去。不过她还是坚持下来替我进行包扎，清洗后她将酒浸百合花敷在我的伤口上，那是在我们家乡普遍使用的一种敷药。她和她儿子的眼泪深深打动了我，以至于很长时间里我把她视作自己的母亲，把她儿子视作手足，直到后来我见不到他们了，才渐渐将他们忘记。

对于这件事，和在另一件事上一样，我也守口如瓶。一生中这类事大概不下一百件，但在《忏悔录》里，我一件未提，因为我无意宣扬我自觉是在个性中属于善的东西。不，倘若我会说一些与我所了解的真相相违背的话，那都只是些无关紧要的小事，并且只是为了摆脱谈话时的窘境或是纯粹的文字游戏，从来不会想是要为自己谋取什么利益，或者要去讨好谁、损害谁。如果有这么一天，人们能以公正的态度读我的《忏悔录》，他们应当会发现，我在书中招认的一切，较之那类说出来倒不显得那么不光彩的罪恶，也许更能令人蒙羞，也更为沉重些，但绝没有那类罪恶深重。那类罪恶我从没犯过，因而在书中也未曾提及。

从这些思考中，我可以得出这样的结论：我所信奉的真实，是建立在公正与道义的基础之上，而不是建立在事物的现实性之上的。在实践中，我遵从的是良知提供的道德准则，而不是那类关于真与伪的抽象概念。我经常编造一些寓言，但我极少撒谎。由于遵从这些原则，我给了别人许多攻击我的机会，但我从未损害过任何人，不管是谁，我也从来没有给过自己不应得的好处。也仅仅是从这方面来说，我才会认为真理是一种美德。换了任何别的角度，它便只能是一种既不从善亦不从恶的玄学。

我的心还不甚满意，因为这些区分还不足以使我自认为是无可指责的。我在负人之处细加思量，有没有在欠己之处也慎重权衡了呢？如果说应对别人公正，那么也该对自己真实，这是一个正直的人对他的自尊应持的一种尊重。当我迫于谈话的窘境而不得不添加一些无伤大雅的虚构时，我也犯了错，因为我们不能为了取悦他人就诋毁自己，而当我游戏文字时，在真实的事情上往往来些生花妙笔，这就更加错误了，因为用寓言来装饰真相，实际上也就是歪曲了真相。

但我真正觉得最不可原谅的，还是我选择了这条座右铭。这条座右铭迫使我以较之任何人都更为严厉的态度来信奉真理，为此我不仅要牺牲自己的利益与爱好，还需牺牲自己的软弱与害羞的本性。对于一个将一切都特别奉献给了真理的人来说，必须在任何时候都永远有勇气、有力量坚持真理，从他的嘴里，从他的笔下，不该听到、看到任何形式的虚构和寓言。我既然选择了这条令人自豪的座右铭，并且有勇气遵循它，就该将上述这番话讲给自己听，并时刻提醒自己。我的谎言的确不是源于虚伪，而是出自软弱，但这并不能为自己进行辩解。有了一颗软弱的心，最大程度上也只能做到避免犯罪，但要胆敢公开声明信奉什么高贵的美德，那真是太狂妄、太冒失了。

　　如果不是罗西埃神父启发了我，也许我永远不会进行这番思考。当然想要学有所用已经太晚了，但至少对于纠正错误，将自己的愿望变为准则来说还不算太晚，因为这些就是日后仍还取决于自身的一切了。从这件事，也包括所有类似的事情上来看，梭伦的那句名言的确适用于任何年纪。学会智慧、诚实、谦逊，学会不高估自己，哪怕是从敌人那里学得这一切，是永远也不会嫌晚的。

漫步之五

　　在我所有的居处中（倒也不乏迷人之所），当属比埃纳湖中心的圣皮埃尔岛[1]最能让我感受到一种真正的幸福，并始终怀有这样一种绵绵眷意。这座小岛在纳沙泰尔州，被称为土块岛，在瑞士本国也不怎么出名，据我所知，还没有一位旅行家提到过它。然而它风光秀美，所处的位置

1　1765 年 9 月，卢梭被迫离开特拉维尔山谷的莫蒂埃村，迁至该岛。小岛现名兔岛，卢梭住过的房子现在是一家旅馆，年轻的浪漫主义者常来此朝圣。

对于一个生性喜好被幽禁的人来说真是妙极了。因为就算我是这世间唯一命中注定要独处的人，我也无法相信自己是唯一对自然抱有如此兴味的人，只是这种兴味，我至今也未曾在别人身上看到过。

比埃纳湖畔比起日内瓦湖畔来，似乎要原始一些，也要浪漫一些，因为湖滨附近就只有岩石和树木，但它绝不因此输一点姿色。如果说这里少了点庄稼和葡萄园，少了点城市和房屋，但却有着更多自然的苍翠，更多青草地，更多林木掩映下的幽僻之处，也更多参差分明、跌宕相连的景象。由于这悦人的湖畔尚无像样的车道，游客也就很少光顾。然而对于一个喜欢满心沉醉在自然美色之中的孤独遐想者来说，还真不失为一个好地方，在这样的静谧中冥想，除了鹰唳鸟啭、山间落泉，就再没有任何别的烦人的声响了！这个美丽的湖泊几近圆形，两座小岛缀于其上，一座岛上有居民，有庄稼，约莫两千米见方；另一座则小些，冷清荒芜，日后人们不断把小岛上的土挖去修补浪涛和风暴对大岛造成的侵蚀缺损，小岛也就会毁了。这就是弱肉强食的道理啊！

岛上只有一座房子，面积不小，也还舒适简朴。和小岛一样，同属伯尔尼医院的产业，一位财务官连同他的家人仆役住在里面。他在岛上开了一个大养殖场和一个鸟舍，还圈了几片鱼塘。岛虽小，然而地形地貌颇多变化，因此各种景色和作物纷呈眼前。农田、葡萄园、森林，还有果园；肥沃的牧场上，浓荫片片，灌木林立，各类树木得了水的滋润，青翠欲滴；沿着岛的纵向有一座高高的平台，上面植着两排树，在平台的中心盖有一间漂亮的大厅，逢到葡萄收获的季节，附近湖滨的居民星期天就聚在这里跳舞。

自莫蒂埃石击案[1]发生后，我躲到这座岛上。岛上的日子真令我心醉，因为这里的生活与我的脾性实在是非常吻合。我决定在此度过余生，成天别无所虑，就是担心人们不同意这个计划，非要把我送到英国去。我已经预感到他们快着手实施了。我多么希望这个避难岛就是我永世的牢房，多么希望余生都被监禁在这儿，再没有脱身的能力和欲望。人们不会允许我与外界有任何联系，我对这尘世间发生的所有事情都将一无所知，渐渐地就忘了它的存在，而我的存在亦被人遗忘。

　　人们只让我在岛上待了两个月，然而即便我在这里待上两年、两世纪，哪怕是永生永世，我也不会感到有片刻的厌烦，尽管我在这里交往的

1　参见《忏悔录》第十二章。1765年9月初，卢梭因被民众当作反基督者，在莫蒂埃的住所遭到攻击，于是离开莫蒂埃。

人只限于财务官及他的太太、仆役——说实话，他们可都是好人——这恰恰才是我真正需要的。我把这两个月看作一生中最幸福的时光，真的太幸福了，若能终生如此，我的心将别无他求。

这究竟是怎样的一份幸福呢？能享有这份幸福又是建立在什么基础之上呢？我要让世人根据我对这种生活的描述来猜一猜。要想尽情体味这种享受，最首要、最基本的一条就是难能可贵的闲逸[1]。在岛上的这段时间，我所做的一切实际上就是一个潜心消闲的人必须做的却又其乐融融的工作。

像这样与世相隔、顾影自怜，不靠外援根本无法在众目睽睽下溜走，想与外界联系或通通消息也得借外人的协助，这是人们早就求之不得而

---

1 原文为意大利语。

指望着我的。而这种指望，我应该承认，却给了我用一种一生所未经历过的方式来了结余生的希冀。我觉得完全可以随心所欲安闲下来，于是便开始不过多思虑其他的事情了。突然来到这座小岛上，我孤身一人，一无所有，随后才叫来了管家[1]，接着又将书和简单的行李运来，我倒挺乐得不去动它们的，就随行李箱原封不动地搁在那里，仿佛是客居在旅店里第二天便要走了一样，而我还打算在此度过余日呢。只是所有的一切原本就很好，倘若稍事整理，反而要弄糟了。我最为快慰的就是没打开书箱，因而找不到一点笔墨。每每收到那些个倒霉的来信又不得不回时，我便只好嘟囔着去向财务官借文具，用后赶紧归还，还奢望但愿下次别再借了。我不再去盘弄旧

1　即戴蕾丝·瓦瑟。1768 年，卢梭正式娶她为妻。

书、糟蹋纸张，房间里摆满了花花草草，因为那会儿我才开始迷恋上植物学，这还是狄夫努瓦[1]医生挑起的，但不久就真成了我的挚爱了。我不想再替人家做什么正经工作，只想从事一件自己喜欢、连一个懒人都会喜欢的消遣事情。我开始着手编纂《圣皮埃尔岛植物志》，意欲写尽岛上所有植物，不仅不能有一点疏漏，更要十分细致，因为这样才能耗完我余生的所有时光。听说有个德国人用了整整一本书写柠檬皮，而我要就草地上的每粒草种、树上的每片苔藓、岩石上的每块地衣都写上一本书，哪怕是一根草茎、一点草皮，我都要详细描写。为了完成这个美妙的计划，每天和大家吃过早饭，我就出发去浏览岛上的小区，手里握着放大镜，腋下夹着《自然系

---

[1] 安托万·狄夫努瓦：医生、花草专家，1764 年在莫蒂埃向卢梭传授过植物学。

统》[1]。我曾为了这个计划将岛划成一个个小方块，这样就能在每个季节依次浏览过来。在观察植物构造和组织时，在观察我完全不了解的结果过程中雌雄部分所起的不同作用时，我是那样欣喜若狂，那样心神迷醉，那种感觉真是无与伦比。以前我对于植物生成特性上的差异一无所知，可那会儿，将普遍种属逐一验证区分，期待着发现更为罕见的种属，这份工作着实让我开心极了。夏枯草的两根雄蕊长长的，顶端分着叉，荨麻和墙草的雄蕊则极富弹性，凤仙花果和黄杨包膜都裂开了，这成千上万种结果过程我还是第一回见呢。这一切看得我满心欢喜，简直都想问一声：你有没有看过夏枯草的触须？就像拉封丹问人家

---

1 《自然系统》是瑞典植物学家林奈的著作。

有没有看过《哈巴谷书》[1]一样。两三个小时后，我便满载而归。倘若逢到下雨天，这些东西就足够我在家消磨一个下午了。在上午剩下来的时间里，我就带着戴蕾丝，随财务官以及他的夫人去看他们的工人和庄稼，时不时地我还搭搭手。要是有伯尔尼人来看我，他们常常会发现我正在树上，腰间系一个装果子的包，等包塞满了就用绳子放下来。经过一个上午的锻炼，我的心情好极了，所以午饭对我而言便成了一种舒舒服服的休息，然而如果午饭时间太长，天气又实在太好，我很快就又耐不住了，趁人们尚未散席时偷偷溜掉，在湖中独划一叶小舟，风平浪静时，我便平躺在船上，双眼望天，任小船随波荡漾，有时一

---

1 此系卢梭所误。传说拉封丹曾问每一个他碰到的人有没有读过《巴录书》，称赞这是一篇天才之作。卢梭在这里误写为《哈巴谷书》。

连几个小时我都这样沉浸在自己那千百种朦胧、甜美的遐想之中，虽然这些遐想没有什么明确的目标，依我看却比所谓人生最温馨的乐趣还要好上几百倍。通常在太阳快落山的时候，我已漂得远离小岛，得尽全力划才能在天黑之前回来。还有些时候，我倒没有被水流带远，而是在青翠的湖畔流连，那儿水色澄清、树影鲜明，难免令人萌生跳下去畅游一番的欲望。不过我最常干的还是把船从大岛划至小岛，在小岛登岸，度过整整一个下午。我不是在柳树、泻鼠李、春蓼或各种灌木间徘徊，就是坐在绿草覆盖的沙地上，那儿开满了欧百里香和各种小花，间或还有以前人们种下的岩黄芪和三叶草，最适合养兔子了。兔子不仅可以在这里安然成长、繁殖，不受到任何惊扰，而且于这里的景致也会丝毫无损。我把这个主意讲给财务官听，因为他刚好从纳沙泰尔买了几只兔子回来，公的母的都有。于是我们连同他妻子、妹妹，还有戴蕾丝，一行人浩浩荡荡开赴小岛，把兔子安置在小岛上。我离开小岛时，兔子已经开始添丁增口了，如果能熬过严冬，想必应当兴旺得很了。建立这片小小的殖民地的那一天真像一个节日。我成功地将同伴和兔子从大岛带至小岛，这风光可不亚于阿尔戈号船员的领队[1]，而且我还满怀骄傲地注意到，一向怕水、逢水总觉不适的财务官那天却放心地随我登上了船，在整个渡水过程中没有一丝畏惧。

如果波涛汹涌无法行船，整个下午，我便从岛的右面一直走到岛的左面，采集各类标本。有时我在荒僻却很迷人的地方坐下来，任自己尽情遐想；有时我又登上平台，放眼远眺美丽的

---

1 指希腊神话中率五十名船员出发到科尔喀斯寻找金羊毛的英雄伊阿宋。

湖水。湖岸一面背山，而靠着肥沃平原的那一面，只衬着远处青烟缭绕的山峦，真的显得宽阔极了。

傍晚，我从岛上的小山坡顶下来，总是要在湖畔幽僻的沙地上坐一会儿，听着涛声，看着涟漪，我的心再也不想别的，只沉醉于美妙的遐想之中，而夜晚通常就这样在不知不觉中到来了。湖水一波波地涌来，那声音连绵不断却又一波强似一波，不时地震击着我的双耳和双眼，把遐想推远的那个自我又带回来，我无须费力思索就能满心喜悦地感受着自身的存在了。有时这湖水也会让我觉得人世无常，然而这种淡薄的想法转瞬即逝，很快就消融在不断涌来、给我抚慰的湖水里，我自然而然地陶醉在这样的景致里。尽管是天色太晚，归时已至，我也要挣扎一番才肯起身回去。

晚饭后，如果夜空明朗，我们经常一道散步到大平台上，呼吸湖面吹来的新鲜空气。在楼台上我们得到了充分的休息，笑着，谈着，唱几支老歌，那可不比现在这些扭捏作态的歌曲逊色，然后便心满意足地回房睡觉，除了希望明朝如今天一般继续，再无他愿。

假如没有不速之客的来访令我心烦，我在岛上的那段日子就是这样的。究竟它有什么迷人之处，令我心中一直保留着如此强烈、甜美、持久的思念呢？十五年了，每每想起这个心爱的地方，我仍然为之动情。

我注意到，沧桑一世之中，我最常忆及的倒不是那类极乐的享受。这些短暂的神迷心醉，尽管十分痛快淋漓，却恰恰是由于太强烈刺激，只能成为生命线上分散稀疏的亮点。它们是如此罕见、如此短暂，根本还算不上一种状态，我心追念的幸福绝不是由这种转瞬即逝的时刻组成的，而该是一种更简单却更持久的状态。这种状态本身也许不会给人带来强烈的快感，然而随着时光流转，它的魅力却与日俱增，直至最后，它会给人一种极致的幸福。

这世上的一切不过是前赴后继的潮水。没有任何东西可以永恒的形态停住不动，于是我们对于身外之物的爱恋，会和这些事物一般不停地变化。在我们的身前身后，不是已然不再的过去，就是日后亦会不再的未来，因为事物总是在变的啊，在这些东西上，我们的心根本无可依托。因此，在这尘世之中，只有已逝的快乐。永久的幸福，我真怀疑是否存在。在我们所享受的这类最刺激的快乐之中，几乎找不到这样的时刻，我们的心能真正对我们自己说：但愿这时刻能永远继续。而我们又如何能将如此短暂的时刻称作幸福呢？这类时刻让我们的心依然处于焦灼和空茫之中，不是要让我们追忆过去，就是要让我们展望未来。

然而，也许有一种稳固的状态让我们的心在其中得到完全的休息，让我们整个人都投入进去，无须回顾过去展望未来。时间对它而言早已失去意义，只这一种没有尽头、没有变化的状态在继续着，我们再也感受不到别的。没有失去，没有享受，没有快乐，没有痛苦，没有希望，也没有恐惧，自身的存在便是唯一的感受，溢满了整个心灵。只要这种状态延续着，处在其中的人便是幸福的，并且与那种有缺憾、贫乏，相对的幸福相反，这是一种充分、完全、丰满的幸福，我们的心由此不再空茫，不再需要别的什么来填补。而这正是我在圣皮埃尔岛，躺在随波漂流的小船上，坐在波涛汹涌的湖畔，或是在美丽的小河边听着浪花轻溅、拍击岩石的声音，独自一人浮想联翩时所感觉到的状态。

在这样一种状态里我们的享受又是源自何处呢？不可能建立在任何身外之物上，这个源泉只能是我们自身，我们自身的存在。只要这种状态持续着，我们便能如同上帝一般自足。这种超脱了一切凡俗之爱而对自身存在所抱有的一种感情，究其本身就是和谐安宁、极为珍贵的，对于一个懂得排遣一切分散我们精力、破坏世间和美的情欲物欲的人而言，这种感情便足以使他体味到自身存在有多么珍贵、多么甜美。但是大多数人总是为接踵而至的激情所左右，根本无法了解这种状态，他们只在某些短暂的时刻不完全地领略过，因而也就产生了一种模糊混乱的概念，认为其中也没有什么迷人之处。再说在现行的秩序结构中，如果他们一味追求这种甜美的、令人心醉神迷的状态，由此厌倦了社会生活中不断增长的需求要他们履行的职责的话，恐怕也未必是件好事。不过被踢出人类社会、在这尘世上根本不可能对自己对他人再做出什么贡献的人，他倒是有可能寻到这种状态，感受到人间至乐，从而也得到一份不再能被社会、被他人剥夺而去的补偿。

的确，这份补偿，不是任何心灵在任何境况中都感受得到的。首先心灵必须完全平静下来，不再被任何情欲搅扰。再者，仅有这样的心绪也不够，周围的一切也须加以配合。不能是一种绝对的静止，亦不能太过动荡，而必须是均衡、温和的运转，没有突兀的打击，也没有间断。没有运转，生活只是一种沉沉昏睡，而运转太过剧烈或不平衡，则又会将我们震醒。我们会想起周遭的一切，我们遐想着的那份甘美也随之被破坏，内我不复存在，我们又被置于命运与他人的枷锁之下而深感不幸，绝对静止也会趋向悲凉，因为那是一种死亡的图景。所以必须借助于迷人的想象，被上苍赋予这种才能的人自然而然就会用到它。运转既然不能依靠外力，当然是来自内我。的确，也许安静会减之一分，然而当那些轻捷、温暖的念头掠过灵魂的表层，却又未曾撼动我们灵魂深处的东西时，那种感觉也是美妙得很的。只要是心系自身，我们就可以忘却痛苦。在所有能让我们安静下来的地方，我们都能享受到这类遐想，我经常会因此想到巴士底狱，不过甚或在空无一物的茅屋里，我也照样能悠然自得地做我的梦。

但是必须承认，这类遐想若能在一个丰饶、幽僻的小岛上进行当然就更妙了。岛与这尘世的其余部分自然相隔，岛上则到处都是迷人的景致，没有什么会唤起我对痛苦往昔的回忆，而那小群居民又是那么随和温柔，不会没完没了地打探我。我于是能毫无阻碍，更无须谨小慎微地投入我自己的爱好中去，或干脆闲着无所事事。对于一个能在重重丑恶中以悦人的幻想来充实自己、能借助于真正属于自己的思想让自己得到满足的遐想者而言，这机会着实太美丽了。在一番长长的和美的遐想之后，看见的是周围一片苍翠、花枝烂漫和小鸟依人。纵目远方，那浪漫的湖滨，那清澈的湖面，我真以为这一切可爱的景物是源出我的虚构，而待我醒来认出自我与周遭，我也已无法划清虚构与现实间的界限了。就这样一切都是那么和谐，愈发让我感觉到在这段美丽的日子里，这份孤独冥思的生活是多么弥足珍贵。为什么不能再重新来过了呢?! 又是为什么，我不能就在这个岛上度过余生，却还要出去再看那些这么多年来陷我于各种不幸而在一旁幸灾乐祸的面孔?! 如果能不出岛, 我不久就会忘了他们的, 当然他们不会忘了我, 但只要他们再也无法搅扰我的安宁, 那又有什么关系呢? 从这喧闹复杂的社会生活所酿制的种种物欲中解脱出来, 我的灵魂将飞越现世的重围, 提前开始与天使们交谈, 并渴望着不久后就加入他们中去。我知道, 某些人是绝不愿意让我享受这美妙的避世境遇的, 但他们却无法阻止我每天逃到自己的想象中去, 无法阻止我一连几个小时品味着如同仍然留居在岛上的一份快乐。如果我仍在岛上, 能做的最开心的事也不过是自由自在地遐想, 而想象着自己在那儿, 我不正做着完全相同的事吗? 并且我现在甚至做得更多, 除了诱人的那种抽象单纯的遐想之外, 我还能补充一些能使遐想更为生动的迷人的画面。当年我沉醉其中时, 我也意识不到这些画面缘起何故，而现在越是在遐想之中，这些画面就越是清晰鲜明。比起那时我真实的处境，此时倒似乎是更明了、更愉悦。不幸的是，随着想象的日渐枯竭，这些画面越来越难得见了，持续的时间也短了。唉！当一个人就要离开他的躯壳时，他的视线却偏偏为这具躯壳所阻挡！

漫步之六

即便是我们不经意的一个动作，只要善于寻根究底，总能在内心找到缘由的。昨天，当我走过新林荫道前往让蒂伊附近的比埃夫河畔采集标本时，在离地狱门¹不远的地方我便向右拐去，绕道乡间，从枫丹白露大街转上河畔高地。这段行程就它本身而言当然是没有什么，可我想起来，有好几次了，我都是这么下意识地绕个弯儿。于

---

1 地狱门：当时巴黎一处征收入城商品税的栅栏门。

是就在自己身上探寻自己这么做的根由，当我弄清楚时，不禁笑了。

时值夏季，天天都有个女人在林荫道一隅的地狱门出口处摆个小摊，卖卖水果、甘草汁和小面包。这女人有个小男孩，长得很可爱，但腿有些跛。他总是拄着双拐，跟在路人后面说些好话讨钱。我应该算是早就认识这个小精灵了，每每路过那儿，他都会跟上来说点好话。我当然也免不了掏几个子儿给他。起初，看到他我真是非常高兴，打心眼儿里愿意给他点钱，在后来相当长一段时间里我都是乐意这么做的，甚至觉得听到他那天真的絮语简直是一种享受。然而，我也不知怎么搞的，这种享受久而久之习惯了，也就转而变成了一种令人窘迫的义务，尤其是他那套开场白。通常他都不忘称我一声"卢梭先生"，以表明他认识我，然而对我来说却恰恰相反，这倒提醒了我，他对我的了解绝不会比教唆他的那些人对我的了解更多一些。从此以后，我就不太愿意打那儿走了，到最后，每每临近，我已不自觉地习惯绕个弯了。

　　这就是我通过思考才发现的答案。因为在这之前我还未曾清楚地意识到这些。这次观察让我陆续想起好多别的事情，它们都证明了我并不像自己想象的那样，对于自己所做的绝大多数事情，都很清楚真正的、最初的动机。我知道，也体会到行善是人心所能体会到的最真的幸福。但是很长时间以来，这份幸福早已不是我能品尝到的了，我的命运如此悲惨，哪里还能指望可以有选择地、有效用地做一件真正的善事呢？铸就我命运的人，他们最关心的就是把一切做成虚假、欺人的表象给我看，他们那出于美德的动机不过是耍花腔来引诱我坠入早就布下的陷阱。我明白这一点，我知道日后我能做的唯一一件好事就是什么也不要做，免得又在不知不觉中做下了我不愿做的坏事。

然而，我也有过非常幸福的时刻，我能听从我心的安排，使另一颗心快乐起来。我可以骄傲地为自己做证，每每品尝到此类的愉悦时，我总觉得比任何事都更甜美。这种习好是那么强烈、那么真实、那么纯洁，在我心深处没有一点点与之相违的东西。但是我常常会感觉到，自己这些原来发自内心的善行，却由于随之而来的义务的锁链，变得日益沉重起来。于是快乐消失了，付出的仍然是相同的关怀，只是再也没有初始的那种愉悦，剩下的就只是窘迫。在我短暂的辉煌时期，很多人向我伸出了求援之手，而凡我力所能及的，我从未拒绝过。但这些最初是真情流露的善举，招来的竟是义务的锁链，我始料未及，更无从挣脱这桎梏。我开始时做的这些善举，在受益人的眼里不过是一笔定金，日后还有的付呢。而一旦哪个不幸的人向我抛出了他初次受益的锚钩，一切便已然定局，我开始做的这件心甘情愿的好事，倒成了他无限的权利，只要他需要，我就得给，哪怕是力不能及也不能成为我获得解脱的理由。就这样，甜美的享受逐渐演变成难以忍受的制约。

假如我不为公众所知，默默无闻地活着，这副锁链倒也还不那么沉重。但一旦我这人随着我的书而声名大噪——当然这无疑是个严重的错误，为此我可没少受折腾——我这里便成了总问询处。所有受苦受难或自谓受苦受难的人，所有寻找猎物的冒险家，所有假借信任之名实际上想以此种或彼种方式控制我的人，统统都来了。由此我明白过来，所有天性里的喜好，亦包括善意本身，一旦在社会上有欠慎重、不加选择地运用，性质就会完全变了，其损人的程度，绝不亚于其当初利人的程度。就是这些残酷的经历渐渐改变了我天生的禀性，或者更确切地说，是将我的禀性限定在应有的界限内。它们教会我不再盲从自己的喜好，如果那只能是对别人的恶意有所推动的话。

但是我并不悔恨这些经历本身，因为它们从一个新的角度启发我通过思考，对于自身、对于在各种我常常不甚明了的境况中自己所作所为的真正动机有所认识。我发现若是想高高兴兴地做一件好事，首先就得是自由自在、毫无约束的。而只要将这件好事变成一种义务，我便再也体会不到它为我带来的甜美了，因为义务会使得这种甜美的享受变得无比沉重。就像我在《爱弥儿》

一书中所说的那样[1]，倘若我生活在土耳其人中间，听着街上提醒丈夫们依据自己的身份恪守职责的叫喊声，我一定不会是个好丈夫的。

这在很大程度上改变了我在美德这个问题上的观点。因为当我们为天性所驱使，只是听从喜好，为了行善的快意而行善，这算不上是美德。美德应当在于，当责任对我们有所要求时，我们要服从责任的安排，战胜自己的习性，而这恰恰是世人不大做得到的。我天生敏感善良，极富同情心，甚至到了软弱的地步，只要是触动我心的事情，我会为每一份慷慨付出而狂喜不已。极富人情味、仁慈大方、乐善好施，这真是我的喜好，甚至可以说是我的激情。如果我是天下最有权势的人，我一定是最为善良、最为宽容的一个，而

---

1 此系卢梭所误。关于下文的"土耳其丈夫"一事，可参见《忏悔录》第五章，《爱弥儿》中并未提及。

只要我具有报复的能力，我心头所有报复的欲火亦将自行熄灭。哪怕是在违背自己利益的情况下，我也还是能维持公正的，但若是有损于我心爱的人的利益，我就做不到了。当我的责任与我的心发生矛盾时，前者很少能战胜后者，除非只需我甩手不做。于是通常情况下我算得上是个强者，但要求我违背自己的天性去行事，我办不到。无论是别人请求我，或是责任要求我，甚至是非得这么做，只要我的心没有吭声，我的愿望便不复存在，而我根本就不可能去遵从这样的命令。即使我已预感到了不幸的威胁，我也只能任由它降临而无法采取什么措施去阻止。有时，开始我也努力过，但很快就觉得精力耗尽、疲惫不堪，很难坚持下去。任何一件事情，只要想来是无法高高兴兴地完成的，我就绝不会干。

不仅如此，倘若存在着某种强制性，只要这

种强制性稍稍过激了点，哪怕这事原本与我心愿还不甚相违，也足以使我的愿望濒于灭绝，产生反感，甚至产生强烈的嫌恶。正是这样，人们要求我做什么好事只会使我不堪重负，而假若他们对我无所要求，我倒是会自觉完成的。一件单纯、毫无动机可言的善事无疑是我乐意做的。然而如果这件善事的受益者以此为条件要求我继续做下去，否则就要恨我，如果他因为我当初以做他的施惠者为乐而对我发号施令要求我永远做下去，那么自那一刻起这份快乐便烟消云散了，我只会觉得很困窘。在这样的情况下即便我退一步做了，那也只是出于软弱和羞怯，没有丝毫诚意。我非但不能因此为自己喝彩，良心反倒要因为做了有违心愿的事而受到谴责。

我知道在施惠者与受益者之间存在着某种契约，甚至这种契约是所有契约中最为神圣的一种。这是在施惠者与受益者之间形成的一种关系，比人与人之间那种普遍的关系更为紧密，也就是说受益者只需心照不宣地默默表示感谢，施惠者在受益者不曾做出什么违背契约的事情的条件下，就必须保证履行这份契约。他必须以诚相待，只要能力许可，每有所求则必有所应。这些诚然不是明文规定的条件，但这是他们之间的关系所产生的必然结果。一个人，如果在别人首次对他有所求时便加以拒绝，那么被拒绝者在此时就没有任何抱怨的权利。然而在相同情况下，假如这个人拒绝了他曾承诺的恩惠，他就是使别人有权怀有的希望遭到了幻灭，就是愚弄和违背了自己挑起的一份等待。我也不晓得是为什么，人们总是觉得后一种拒绝较之前一种更为不公正，也更难以接受。但是后一种拒绝也不过是一颗不愿受束缚的心产生的自然反应，不经挣扎，这颗心怎能放弃这份独立呢？偿还债务是必须履行的义务，而捐赠则完全是给予自己的一份快乐。以履行义务为乐，这只能是美德养成了习惯，来自我们本性里的东西往往不会如此崇高的。

在经历了那么多的不幸以后，我学会早早预见到最初的行为所带来的后果，于是，因为害怕自己轻率地投入以后随之而来的、又将是我不得不从的束缚，往往我不再敢去做我愿意做并且能够做的好事。这种害怕当然不是一直就有的，而且在年轻的时候，恰恰相反，我还觉得那类受惠于我的人之所以对我有如此亲昵的表示，并不是出于利害关系，而是出于感激呢。然而一旦我的灾难接踵而至，在这个问题上，和在别的方面一样，所有的事情就不再是那么一回事了。我现在生活在与前一时代人完全不同的又一代人中间，我对于别人的感情也不得不因为别人对我的感情起了变化而有所改变。而在我接连看到的这迥然不同的两代人中，即便是同一批人，也在这代代交替的过程中得到了同化。比如说夏尔迈特伯爵[1]，以前我那么尊敬他，他也那么真心地爱着我，可一旦成为舒瓦瑟尔[2]圈子里的成员，他立即为他的亲戚谋取了主教的位置。善良的巴莱神父[3]也是这样，他曾受惠于我，又是我的朋友，年轻时可真是个正直诚实的小伙子，现在靠出卖我、欺骗我已在法国得到了一官半职。还有比尼神父[4]，我在威尼斯任副职期间他曾替我做事，我的行为自然博得了他的爱戴和尊敬，然而一旦牵扯到自己的利益，便连腔调和态度都变了，不惜

---

1 夏尔迈特伯爵：曾是卢梭的挚友，和卢梭一样爱好音乐。
2 舒瓦瑟尔：1758 年曾任法国外交大臣。
3 巴莱神父：犹太人，在华伦夫人家开音乐会时曾演奏羽管键琴。
4 比尼神父：卢梭在驻威尼斯使馆任职期间的助手。

昧着良心，出卖真理以获取巨利。连穆尔图[1]也变得黑白颠倒。他们和所有的人一样，原本都是那么诚实坦率，现在却都变成了这样；只是因为时代变了，人也就随着时代一道变了。唉！他们的行为方式，与当初我对他们产生感情时已完全相反了，我又如何还能对他们保持原有的那份感情呢？我不恨他们，因为我不知恨为何物；但是我无法不怀有也无法不流露出对他们应有的蔑视。

也许，在不知不觉中，我自己也有了很大改变，远远要超过应有的变化。在我这样的境况里，什么样的本性才能扛得住不受侵蚀呢？二十年的经历告诉我，我心中那些天性使然的禀赋，原本能给人带来幸福，可现在早已因为命运，早已因为那些支配我命运的人，变得只能是损人损

---

[1] 穆尔图：日内瓦牧师，卢梭去世后曾替卢梭出版自传作品。

己了。我无法不把一件善事看作是诱惑我的陷阱，我知道那下面就有不幸在藏着，在等我。其实我也知道，无论一件事的结果是什么，我的善意都不会折价。是的，这份价值是一直有的，但其内在的魅力已不复存在了，而只要少了这帖兴奋剂，我便只能是心如坚冰般的深深冷漠。我很清楚自己根本不能再做什么真正有效的事情了，我所做的一切都不过是别人的把柄。理智的否定，加之自尊的愤怒，使我厌倦，使我对这好事滋生出一种抗力，而原本从本性而言，我还真是一个炽热虔诚的人呢。

有的厄运当然有可能会使心灵变得崇高坚强起来，然而有的厄运却会使心灵遭受打击，从而扼杀了它，就是这种厄运使我深受折磨。在这样的厄运里，只需一点点邪恶的酵母，厄运便能使之无节制地膨胀起来，使我趋于疯狂。然而我的厄运只使我变成了一个无用的人。反正我既不能为自己也无法为别人做点什么，于是我干脆不做。这种状态，因为是不得已而为之，因此也是无可指责的。它使得我可以毫无愧疚地全心投入自己的本性喜好中去，从而让我品尝到一种甜美。也许我是做得有些过分了，因为我避开了一切可以有所行动的机会，我甚至察觉到某些行动只会带来益处，但是我很清楚人们绝不会让我看到事情的真实面目，于是我一直避免从事物的表象去判断它们，不管用什么诡计去遮掩那些真实意图，我都能识破这些骗人的动机。

似乎自童年时代起，命运已为我布下了第一个陷阱，这使得我在日后相当长的一段时间里十分轻易地就落入随之而来的所有圈套。我生来就容易相信别人，并且在整整四十年间，对这份信任从来没有过丝毫怀疑。突然就掉进另一个世界的人和事里，我上了千次万次的当仍未有所觉察，甚至二十年的经历也难以让我看清自己的命运。可一旦明白过来在人们不加吝惜地给予我的这一切伪善的表示中，有的只是谎言和虚伪，我便迅速滑向了另一个极端：因为人只是不依从自己的天性，就不再有什么可以约束住他的界限了。从此以后，我讨厌人类，而正是在这点上我的愿望与他人的愿望取得了一致，我打心底里要远远避开他们，这种距离已不是仅仅出于他们的阴谋诡计了。

无论他们再怎么做都是徒劳，我对他们的反感永远也不会发展为强烈的嫌恶。想到他们为了拴住我，自己也不得不处处受到我的牵制，我真是很可怜他们。他们才是真正不幸的人。每当我回到自我之中，我就觉得他们很值得同情，也许我之所以能这么想还包含有骄傲的成分，我觉得自己不屑去恨他们。他们充其量只配得上我的蔑视，根本不可能发展到仇恨这一步：归根结底我实在是太爱自己了，所以不论是谁，我都不会恨他的。恨一个人，那是压制、缩小自己的存在，而我，我还想将自己的存在扩延到无限宇宙里去呢。

我宁愿逃避他们也不愿去恨他们。一看到他们，我的感官便深受刺激，周围那么多残酷的眼神都印在我的心里，让我觉得不堪重负。然而一旦引起这份不快的缘由不存在了，这份不快自然也随之消散。我为他们烦神，只是因为他们出现在我面前，我没法不去烦，但我从来不会去想他们而惹自己心烦。假若不再看见他们，他们对我而言则好像根本不存在似的。

往往只有在事关自身时，我才觉得他们真的是无足轻重的；因为倘若牵涉他们之间的关系，他们倒还能使我为之关注，为之激动，就仿佛是看戏里的人物。除非我这个人所有的道德理念都泯灭了，否则公正对我而言永远不可能无关紧要。邪恶和不公正的场景依然会使我怒火中烧；而美德的行为，如果没有任何炫耀卖弄的成分，总能使我欢喜得直打哆嗦，甚至流下温热的眼泪来。但一切必须是在我亲眼看见之后，因为在经历了自己这些事情后，再叫我凭借他人的判断接受什么，或是根据他人的信仰来相信什么，那除非是我失去理智了。

如果对于我的外形外貌，人们也能像对我的性格本性一般无所知晓的话，我仍然可以毫不痛苦地生活在他们当中。只要我在他们看来完全是个陌生人，他们的社会圈子甚至还能取悦于我。我会沉浸在自己的本能喜好当中，假使他们不管我，我还会蛮喜欢他们的呢。我会对他们持有一份普遍的、不偏不倚的仁爱，但是这份仁爱绝不会演变成某种特殊的爱恋，而且我也绝不会给自己套上义务的枷锁，因此他们出于自私或受限于条条框框不得不绞尽脑汁做下的一切，我都能轻松自如地以其人之道还治其人之身。

如果我仍然是自由的、无名的，仍然是孤身一人，就像我以前一直努力想做到的那样，我真的只会做好事。因为在我的心里实在连一点恶念的萌芽都没有。我如果能避开众人目光，能和上帝一样威力无边，我一定是像上帝一样善良的施惠者。正是力量和自由铸就了伟人，而软弱和奴性只会使人堕落。如果我拥有吉瑞斯的指环[1]，它一定能将我从他人的束缚中解放出来，并且使别人都归于我的麾下。我经常会问自己：在西班牙

---

[1] 传说中吉瑞斯有一枚隐身指环，戴上了就能隐身，不被人看见。

那座城堡里，我该拿这枚指环来做些什么呢？因为滥施淫威的企图正是会这样应权力而生。我将是自己的主人，能满足自己的欲望，能为所欲为而不会被别人欺骗愚弄，这样我还会希冀些什么呢？只有一样，看到所有的心都很快乐。众人的欢乐是唯一能以不渝挚情触动我心的，而为此献身的强烈愿望亦会是我不变的激情。我会永远公正，不偏不倚，我会永远善良而不软弱，这样我也不会对人产生盲目的犹疑和无比的仇恨。因为倘若能看清人的本来面目，能轻易揣透别人内心的想法的话，我也许很少会觉得别人真就好到值得我全心去爱的地步，也很少会觉得别人真就坏到值得我全心去恨的地步。甚至他们的恶意倒叫我对他们抱有些许怜悯之情了，因为我很清楚他们意欲损人的同时也伤害了自己。也许在某些欢愉时刻，我还满怀稚气地成就了什么奇迹呢，然而这奇迹绝不会是出于偏袒私利。我的自然喜好便是我行动的准则，在某些有关严肃正义的行为案件上，我便会秉公决断，宽大处理。那样，作为上帝的使者和其法则的代言人，我会在我的权力范围内，创造出比《圣徒传》中所记载的或有关圣美达坟墓[1]的奇迹更为智慧、更为有用的奇迹。

只有在这点上，遁身术的确对我极富诱惑，并且这种诱惑还真难以抗拒呢，而我一旦误入歧途，又怎会不被这种诱惑牵着鼻子走呢？与其炫耀自己不为利所诱，或者说是理性阻止我在致命的歪道上滑下去，还不如承认我对本性与自我还不够了解。在别的事情上我对自己很有把握。唯独在这一点上我颇感不安。一种超常的能力应当

---

1 圣美达坟墓位于巴黎左岸。据说，18世纪狂热的冉森派教徒一站到副祭巴里的墓前就会全身抽搐。

超越人性的软弱，否则还不如一个常人，或者干脆不要具备这种超常能力的好。

思前想后，我想趁我尚未做出傻事时，还是尽早把指环扔掉为妙。如果人们非要歪曲地来看我，如果我的面容总要挑起他们不公正的欲望，那我就逃离他们好了，免得他们眼见心烦，但不应该是我要从他们中间消失掉，而应该是他们藏身不现，是他们该省一省阴谋诡计，该避开曙光，像鼹鼠一般在地下过活。对于我来说，如果他们还能看到我，那就随他们去看好了，只是这根本不可能了。在我身上他们再也看不到那个让他们任意摆弄、任意泄愤的让-雅克了。如果我还被他们看待我的方式影响，那可真是我的错。我根本不该对此有所关注，因为他们看到的根本不是我。

从这番思考中我得出的结论是：我从未真正

属于过这个满是障碍、义务、责任的世俗社会，我独立的本性使我永远无法适应作为一个在群体中生活的人所必须接受的制约。在我能无拘无束地行动时，我是善良的，只会做好事。但只要我察觉到了束缚的存在，也无论这束缚是出于自身的需要还是源于他人，我就立即变得反叛起来，甚至还会犟得要命，于是我便成了一个无用的人。如果必须违心地去完成一件事，不管它会引起什么样的后果，我也不会去做。甚至我也不会按照自己的心愿去做事，因为我太软弱了。我不再有所行动：我的行为往往是出于我的软弱，我所有的能量又是如此消极无用，我所有的罪过由此便都是源于疏漏，而很少是明知故犯。我从来不认为自由就是随心所欲，而应在于可以不做自己不愿做的事，这恰是我一直要求的权利，通常情况下我只能有所保留。而正因为这个要求，我在同代人的眼里就成了无耻之徒。他们如此活跃、好动、野心勃勃，他们讨厌在别人身上看到这种自由，自己亦不需要，只要能时不时按照自己的意愿行事或凌驾于别人的意愿之上，他们就会终其一生来做他们自己也觉得反感的事，并且为了发号施令不惜一切卑鄙手段。因此他们不是错在将我视作无用之辈从社会里隔离出去，错就错在将我视作害群之马，把我从社会里驱逐出去。因为我虽承认我的确没做过什么好事，然则在我一生之中，我从未有意从恶，我还真怀疑这世上有没有人坏事比我做得要少呢。

漫步之七

长长的遐想录才刚开了个头，我却觉得差不多要收尾了。取而代之的是另一种乐趣，我终日沉迷其中，甚至都没有时间去遐想了。这当中有一种近似荒诞的恋意，我自己想起来就禁不住要笑。但是我仍然执着地投入进去，因为在我这种处境里，已经没有什么行为准则可言，我将只自由自在地听从内心的喜好。已无力改变自己命运的我，有的只是天真的恋癖，从今以后别人的评判对我而言根本是无关紧要的，故而最明智的莫过于在自己能力所及的事情上，只关注自己喜欢的东西。无论是在公共场合或是单独一人时，我的兴致便是我唯一的准则，反正就剩下这么点气力了，论起限制，亦不过如此。这样一来，我所有的食粮就是干草，所有的工作就是植物学。以前，也是已经进入了晚年的时候，在瑞士，狄夫努瓦医生倒是教过我一些植物学的皮毛，后来在飘零辗转间，为了具备有关植物界的基本知识，我采集了不少标本。但那会儿我已年届六旬，到巴黎后便只过着深居简出的日子，像采集标本这么大活动量的事，显然是精力不够了。再说我又迷上了抄乐谱，不再需要任何别的工作，于是，我放弃了这个当时觉得无甚必要的兴趣。我卖了标本，又卖了书，有时在巴黎附近散步还能看到一些常见的植物，我也就心满意足了。在这段时间，我差不多把这点皮毛也忘得一干二净了，速度之快，还真不亚于我记它们所费的工夫。

可突然之间，到了六十五岁这个年龄，尽管那点可怜的记忆已荡然无存，尽管早就没有气力到乡间漫游，更没有指导、没有书籍、没有花园，连标本簿也没了，我却再次狂热地重拾这个爱好，且势头之猛，较之第一次更甚。于是我认认真真地执行起一项周密的计划，要将穆莱[1]的《植物界》熟记在心，并且认遍世上所有的植物。我可不打算再买什么植物学的书，所以准备将借来的书逐一誊抄整理，同时我想做一册比上次那册还要丰厚的标本簿，不仅要容纳进所有海洋植物和阿尔卑斯山的植物，还要包含所有的印度树种。我总是从海绿、雪维莱、玻璃苣、千里光开始，着手在鸟舍里采集标本，这主意可谓不乏高

1　穆莱：瑞典博物学家，曾为林奈的《自然系统》作拉丁文序，题为《植物界》。

明，每每又发现一株以前不太认识的小草，我便会兴高采烈地自语道：瞧，又多了一样呢。

我并不想为自己这番随心所欲做什么辩解，只是觉得应该说是很合乎理性的。我以为就目前状况而言，投身到使自己愉悦的乐趣中不愧是明智之举，甚至可以说是极其高尚的德行。这是一种使心中一切报复或仇恨的意念得以泯灭的方式，因为命运如我，只有在剔除了本性里所有怨气的条件下才有可能找到点什么爱好。我这也是在以自己的方式报复那些迫害我的人，我觉得对他们最为严酷的惩罚莫过于不予理会、自行其乐。

是的，也许理智准许我，甚至可以说是要求我投身到这吸引着我的爱好中去，也没有任何阻力妨碍我那么做。但我的理智并没有告诉我为什么这种爱好会如此强烈地吸引我，在这项无所收益亦无所谓进展的研究中，究竟又是一种什么样的魔力，使得我这样一个衰败迟钝、絮絮叨叨、丧失了所有能力和记忆的老头竟从事起这类年轻人的工作，学习起这类小学生的课程来了呢？而这正是我也想对自己有所交代的怪异之处。很明显，我感到这项活动能为我余生所致力的对自我的了解带来一些新的启迪。

有时我会思虑得很深，但从来没觉得这样做有什么乐趣，恰恰相反，往往这根本不是我心所愿，甚或是不得已而为之的。遐想会使我得到休息，得到消遣，而思虑却使我疲惫不堪、悲苦不已，对我来说思虑始终是一件沉重而无趣的工作。有时我的遐想会以思虑而告结束，但更多的时候，则是思虑到最后全都变作遐想，我就那样岔开去，心灵插上想象的翅膀，在无边宇宙里游荡翱翔，那种心醉神迷的感觉，真是超过了世间所有的享受。

在我品尝着这份无比纯真的乐趣时，其他任何事情对我而言的确都是那么索然无味。可我一旦出于某些莫名其妙的冲动投身到文学事业里，我马上觉出这种脑力劳动着实是够累人的，可悲的名声给人带来的只有不幸，与此同时我便感到我那甜美的遐想在日渐枯竭和淡漠，不久我就被迫担心起自己的悲惨处境来，再也寻不到在以往的五十年里代替了荣耀和财富的那一种心醉的感觉。而正是凭着这份感觉，我仅仅用时间的代价就闲适地成为芸芸众生里最幸福的一个了。

我甚至还担心在遐想时，我那被一连串打击震蒙了的想象力会转而钻进不幸里去了，那绵绵不绝的痛苦会渐渐攫住我的心，使之不堪重负。在这种状况下，出于本能，我自然而然会避开一切令人悲伤的念头，于是我强迫自己的想象力平息下来，将注意力集中到周遭的事物上。这也是我平生第一次那样细细地欣赏大自然，一直到那时为止我对大自然的观察还仅限于整体全面的印象呢。

各种植物是大地的饰物、大地的衣装。的确再也没有比那入眼处只有石头和泥沙的光秃秃的不毛之地更为悲凉的画面了。然而在小溪流水和小鸟歌声中披上了婚纱的生机盎然的大地，它奉献在我们面前的，是自然三界的和谐，是生命欢腾、收获遍野的娇媚鲜妍的景象，是世间唯一百看不厌、百感不倦的景象。

一个冥思者，越是有一颗敏感的心，就越是容易投身到与之有感应的境界中去。甜美深沉的遐想控制了他所有的感官，他陶醉迷失在这片广袤天地里，自觉已与天地相融。于是在他眼里再也没有个别事物的存在，他所看到的、感受到的，就只是这一整片天地。而如果要他一部分一部分地欣赏这个他竭力一览无遗的宇宙，则必须有某种特殊的状况来限制他的思想和想象。

这正是我的心在濒于绝境时所做的自然反应，它将所有的注意力都转移集中到周遭的事物上，以保留在日渐加深的沮丧中几近熄灭挥散的那点热情余烬。我成日在山林间漫不经心地游荡，就是害怕自己的痛苦再度被挑起来。我不愿把想象力运用到那些引发痛苦的事情上，于是就让自己的感官沉醉在周围这些虽然微小却不乏甜美的东西里。我的眼睛不停地从这里转到那里，在这变化无穷的天地里，恐怕再也找不到更为专注、更为执着的目光了。

我喜欢这种眼睛的重构，在不幸之中这种重构能让我的精神得到休息、娱乐和缓冲，让我不再那样为痛苦所折磨。在很大程度上，是这万事万物的自然属性帮助我从自己的痛苦中脱出身来，并且使得这份消遣显得魅力无穷。沁人的芳香、鲜艳的色彩、雅致的外形，都好像是在争先恐后地引起我们的注意。只要是懂得享受这份乐趣的人就自然会沉浸在如此甜美的感觉之中，而如果说有人身处其中却无法体味到什么的话，那则是因为他们缺少一份对大自然的感应，而且脑袋被别的念头填得太满，这些触及感官的东西对他们来说便只能是浮光掠影。

有些品位不俗的人也不太注意植物界，其中还有另外一个原因，这就是他们仅仅习惯于将植物视作药品药剂的来源。狄奥弗拉斯图[1]对此倒是持不同看法，这位哲学家也该算是古代唯一的植物学家了，正因为这个他几乎不为今人所知。

1　狄奥弗拉斯图（约前371—约前287）：古希腊哲学家，亚里士多德的学生，著有《植物研究》《植物探源》等。

然而可亏了那位名叫狄奥斯克里特[1]的伟大药典编纂家以及他后世的阐释者们，医学控制住了整个植物界，植物便精简成了根本与植物本身无关的东西，亦即张三李四得意扬扬地赋予它们的所谓药性。人们由此便认为值得注意的不该是植物结构本身。那些成日里做高深状拾掇药瓶药罐的人根本瞧不起植物学，照他们的说法，如果不研究植物的效用，那植物学就是一门无用的学科，也就是说我们必须放弃观赏大自然——虽然大自然很少欺骗我们，也从来没有说过诸如此类的话——而去相信所谓的人类的权威。但正是这些权威才是谎言的缔造者，他们叫我们相信他们的话，凭借他们的话去认定很多东西，可他们的话往往又是建立在别的权威之上的。若你在一块色

---

1 狄奥斯克里特：古希腊学者，推崇植物的药用性。

彩缤纷的草地上停下来，细细观赏那美丽灿烂的花朵，看到你的人准保把你当作是江湖郎中，还要向你讨草药去治孩子的疥癣、成人的疥疮或马的鼻疽呢。

这讨厌的偏见在某些国家早已不复存在了，尤其是在英国。多亏了林奈，他着手将植物学从药物学派中分离出来，赋予它在博物学和经济学上的新意义。然而在法国，这项研究尚未被世人接受，人们依旧停留在那种落后的观点上，以至于一个教养良好的巴黎人，在伦敦看到一座植物爱好者的花园里种满了奇花异草，他最多会赞叹地嚷上一句：这个药剂师的花园可真够美的！照这种说法看来，亚当该算是第一位药剂师了，因为很难想象还有比伊甸园更为繁丽多彩的花园。

这些药用的观点当然无法使植物学成为一项有趣的研究。它们只会使绿茵失去光泽，花朵失去鲜妍，树林失去清新，连自然的葱茏、树影的摇曳都会变得淡而无味、令人厌烦。而那些只知道把草药放进钵子里研碎的人，当然不会对雅致动人的自然构成有什么兴趣，当然不会在用来灌肠的草药里找寻牧羊女的花冠。

所有这类药剂之说绝不会玷污我心中的田园风情，那是一幅没有一点点汤药和膏剂的影子的图景。看着附近的田野、果园、树林以及各种植物，我经常会把植物界想成是大自然赠予人类和动物的一家食品店。但我从来没有想过要在这里找寻什么药品。在大自然丰富多样的产品中，我倒未曾觉得有哪一样是在向我表明它有这样的用途，而即便大自然真的规定它有这样的用途，那也是一种可供选择的用途，宛如它的可食性。我甚至觉得，我正其乐融融地在林间流连漫步之时，倘若非要叫我去想什么发烧、结石、痛风或是癫痫之类的疾病，那真会活倒了兴致。尽管如此，我倒不是要在植物的医药效用上与人争执，假定这些效用都是真的，那么让病人久治不愈，岂不是纯粹在搞恶作剧嘛；因为诸项人类疾痛，还没有一项是用了二十种草药仍无法根治的。

我从来没有过这样的思想倾向，要将所有一切都与物质利益挂钩，到处找好处，到处找救药，而如果没有利益可言，就总是带着那么一种冷漠的态度看着整个大自然。在这一点上，我和其他人恰恰相反：所有那些满足我需要的东西只能使我悲哀，使我的精神堕落，只有在把肉欲抛诸脑后时我才能找寻到真正的乐趣。尽管我是相信医学的，尽管这样的药品确实能起安定作用，然而只要想到与自己的肉体有着某种关系，我就无法再品味到这种单纯的欣赏所带来的快意，我的心就无法再陶醉在大自然中喜不自胜。另外，过去与其说是对医学有很大的信任感，还不如说是对自己所尊敬、所爱戴的医生一直是满怀信任的。我将自己这副躯壳交给他们，任由他们去全权处理。我花了十五年的时间来弄明白这一切；现在我只听从大自然的法则，身体倒是恢复了。即便医生对我没有什么别的不满，只是出于这一点，他们对我满怀仇恨也不足为怪了。因为我就是活生生的证明，可以证明他们的医术不过是自夸海口，而所谓的治疗实际上根本没有多大效用。

不，从来没有任何个人的东西，没有任何与我肉体有关的东西能真正占据我的心灵。我只有在忘却自我时才能甜美地沉浸在冥思遐想里。我感到一种无法言喻的心醉神迷，一种无法言喻的极致的欢乐，我好像融化在生灵万物之中，与整个大自然浑然一体。以前我把人类都视作兄弟，我也曾以世俗的快乐为快乐，做一些这方面的计划，由于这种计划较之整体而言总也是相对的、不完全的，所以我认为只有在公众的快乐中才能找到自己的幸福。我从来无意去找寻个人的幸福，一直到发现我的兄弟们竟把他们的快乐建立在我的痛苦之上；后来是为了遏制自己对他们的仇恨，我必须避开他们，于是我躲进我们共同的母亲的怀抱，在她的臂弯里以逃避她其余的孩子对我的迫害。我成了孤零零的一个，或者就像他们说的那样，变得不合群了，变得愤世嫉俗。因为对我而言，与其生活在一群只知道背叛与仇恨的恶人当中，还远不如生活在深深孤寂之中呢。

我被迫不再思考，省得又不由自主地回想起那些痛苦的往事；我被迫克制住剩下的那点不乏迷人之处但已无甚精彩的想象，因为到头来这些想象还是免不了在不安中受到惊骇的结局；我被迫忘却那些用那么多阴谋诡计来压垮我的人，我害怕愤怒会使得我对他们日益恶毒起来。然而就是这样，我也不能把全部注意力集中到自己身上，因为我那颗外向的心，虽然历经磨难，还是忍不住要将它的情感、它的存在推广到别人身上；我也不能再像过去那样，埋首于大自然的海洋里，因为我的智能在日渐衰竭、日渐松懈，根本无法再找到明确、固定、可及的目标让我深深为之痴迷，况且要想在从前令我喜不自胜的无绪世界里畅游一番，我的精力已经明显不够了。我已经差不多没有思想了，只剩下一点感觉，而我的理解力也只局限在周遭最近的事物上。

我远远避开人群，寻求孤独，我不再梦想，也不再冥思。然而我生来便是那种性情活跃的人，根本无法做出颓废、沮丧的冷漠态度，于是我开始关注所有身边的事物，并且出于一种十分自然的本能，将目光投向了最为赏心悦目的东西。矿物界本身没有什么可爱迷人的地方。也许是为了避免诱发人类的贪欲吧，它那丰富的宝藏被包裹在大地里面，非人类视线所能及。它们的存在是一种储备，人心日益堕落，对伸手可及的真正财富失去了兴味后，它们便权作一种补充。到那时，人为了摆脱贫困，就不得不借助于他的技艺，不得不辛劳工作。他得掘地三尺，挖去地球的内脏，他得冒着生命的危险，甚至以健康为代价去找寻想象中的财物，而原本只要他懂得珍惜，大地早将真正的财富赐予他了。他得避开不再属于他的艳阳和曙光，把自己深深活埋，辛勤劳作，因为他根本不配再在光明中讨生活。在那儿，有采石场、竖井洞、锻铁炉、木炭窑、铁砧、汽锤这类场所和工具，或者是烟、火，这一切替代了怡人的乡间耕作。那些在矿下恶臭里日渐消瘦的悲苦面容，那些黑乎乎的铁匠，那些可怕的独眼畸胎都是地下矿场的产物，就是这些取代了绿树、鲜花和蓝天，取代了相恋的牧羊人，取代了看起来是那么强壮的农夫。

我承认，要想外出捡点沙石，装满口袋或填满陈列馆，装出一副博物学家的样子，这的确是件很容易的事，然而仅仅热衷于这类收藏的人通常是无知的阔佬，他们只满足于这种装点门面的乐趣而已。若想真正在矿物研究上有所造诣，那必须是个物理学家和化学家，必须做上大量繁重、辛苦、代价昂贵的实验，必须在实验室里、在窒人的烟尘里冒着生命危险，通常还要损害自己的健康，把大量的时间都砸在那些煤炭啦，坩埚啦，锻炉或者蒸馏瓶上。而这种凄惨累人的工作，到头来却往往是空骄傲一场，哪里又有多少知识可言呢？而有哪一个平庸的化学家不是凭着偶然间发现的一点雕虫小技，就自以为解开了大自然的所有奥秘了呢？

　　动物界无疑较易为我们掌握，也无疑是更值得好好研究一番的。但是这种研究不也是困难重重、令人反感、令人窘迫，甚至令人痛苦的吗？尤其对一个孤独者而言，无论是嬉戏还是工作，他都无法指望会有人与之共同分担。这样他又怎么去观察、去解剖、去研究、去了解天空中飞翔的鸟，水里面游戏的鱼？还有那些比风都轻捷、比人都强壮的走兽，我若不跟在后面跑，不用武力去征服它们，它们又哪里肯乖乖送上门来供我研究呢？也许我可以研究蜗牛、蛆虫或苍蝇，可以成日里跟在蝴蝶后面气喘吁吁地追跑，可以屠杀那些可怜的昆虫，如果能逮到老鼠什么的，或者最好是偶尔发现几具血淋淋的动物尸体，还可以做一次解剖。离开解剖自然就谈不上动物研究，正是通过解剖人们才能将之分类，区别出它们的种类与属性。而若想通过它们的习性和特征来研究它们，则必须拥有鸟舍、鱼塘乃至动物园，就必须用某种方式把它们限制在我的周围。我是既没有兴趣也没有办法把它们囚禁起来，可它们自由驰骋时，我又没有精力跟在它们后面跑。于是便只有研究它们的尸体了，将之肢解、剔骨，兴致勃勃地在它们跳动的内脏里挖掘！这是多么可怕的场面啊！解剖室里那腐烂的尸体，那模糊惨白的肌肉，那血水，那令人作呕的肠子，那可怖的骨骼，还有那恶臭！说实话，让-雅克绝不会在这种事上找到他的乐趣。

明艳的花朵、缤纷的草地、清新的绿荫、自然的苍翠，小溪流水、灌木丛林，快快来帮我洗净那已被种种丑陋玷污了的想象力吧。我的心从恶风恶浪里翻滚过来，已濒于麻木，只有最敏锐的东西才能触动它。我仅仅剩下了一点感觉，可也唯有通过这点感觉，我才能体味出尘世里的悲欢。我被身边的这些迷人的东西深深吸引了，我细细端详，慢慢欣赏，一一比较，最后我终于学会了分类。这样，为了不停地找出新的理由保持自己对大自然的钟爱，我开始对大自然进行研究，就是出于这种需要我才在突然之间成了一个植物学家。

我并不是想学到些什么，已经太晚了。再说我从来不认为知识太多能让自己得到幸福生活。我只是想找一些消遣，可以排遣我的痛苦，可以让我不用费力就能品尝到一种甜美而简单的乐趣。我无须花什么钱，也无须花多少精力，就可以在花花草草间信步漫游，将它们逐一看过，比较它们各自的特性，发现它们的相似之处或不同之处，还可以观察它们，追随这些生命机体的运转和活动，有时还能成功地找出它们的普遍法则，从而发现它们结构不同的原因和结果呢。如此我就任凭自己满怀谢意地陶醉在这只使我得以享受这一切的生命之掌中。

跟满天星斗一般，植物也仿佛是被大量地播撒在大地上，来诱发人们的好奇，诱发人们研究大自然的兴趣，然而星球离得太远，要想靠近它们得借助种种仪器、机械，必须借助很长很长的梯子。可植物是自然存在着的，它们就在我们脚下生长，甚至可以说是在我们手中生长，而如果说有时它们的某些部分实在太小，肉眼看不太清的话，借助一些工具将之放大可比使用天文仪器要容易得多。植物学是一个悠闲懒散的孤独者的专业。一枚钉子、一个放大镜便是植物学家所需的一切工具。他从容漫步，自由自在地从一个目标转向另一个目标，出于兴味和好奇，他仔细观察每一朵花，而一旦探寻到它们在结构上的共同法则，他从中毫不费劲品尝到的这份乐趣，较之那种以昂贵代价换取的乐趣却绝不逊色。人们只有在情欲完全平息下来以后，才会发现这份悠闲的魅力所在，因为这正是使生活趋于幸福甜美的唯一必要的条件；可是，只要这里面掺杂了某种功利因素或虚荣心理，比如说是为了谋得一个位置，为了写一本书，反正只要是为了教育他人而学习，为了成为作家或教授而去采集标本，那么所有这些甜美的享受便烟消云散了。这些植物就会成为用来满足情欲的手段，我们就再也无法在研究它们的过程中得到任何真正的乐趣，我们就不再是为了求知而只是为了卖弄自己的本领。这时树林也仿佛成了尘世的舞台，我们在意的只是如何博得他人的欣赏。要么就是那种只限于温室，至多也不会超出花园范围的植物学，我们无须到大自然中观察植物，我们操心的只是体系和方法，亦即我们用来各执己见、一成不变的东西，既无益于多认识一株植物，也不会对博物学或植物界有所贡献。于是植物学家与其余学者无异，相互之间便是仇视、嫉妒或追名逐利的关系。这项可爱的研究由此味儿全变了，它被移植到城市里、学院里，就好比是收藏家花园里种满的异国植物，根本就是一种蜕化。

　　某种特别的情怀使我把这项研究看作是一种爱好，是它填补了以前诸类爱好离我而去后留给我的一份空虚。我攀山越岭，进入峡谷幽处，就是想要尽力忘却人类，忘却恶人们给予我的种种打击。我觉得自己在树影摇曳间被世人遗忘了，我是那么自由自在，那么心境平和，好像根本没有什么敌人似的，反正树叶将我的记忆推远，因此也就遮护住我，让我不再遭受他人的迫害。我甚至还傻乎乎地认为我既然不再去想他们，他们肯定也不会再想到我。我就在这样的错觉中体味到一种莫大的温馨感。如果我的处境、我软弱的性格以及我对生活的需求许可的话，我真会听凭自己沉溺于这种错觉里。我越是孤寂，就越需要某种东西来充填这种空虚。人类无法强力为之的、大地的自然产物从四面八方跃入我的眼帘，正是它们取代了我的想象力所不愿去涉及、我的记忆所不愿去引发的东西。我乐颠颠地跑到荒漠地带去找寻新的植物，因为这样就能远远避开那些迫害我的人了。在杳无人迹的地方，我畅怀呼吸。这真像是不再被仇恨浸淫的避难所啊。

　　我终生都不会忘记那一天到克拉克法官的奥贝拉山庄附近采集标本的场景。我独自一人走在山间的羊肠小道上，穿过一片片丛林，越过一块块岩石，最后我在一个十分幽僻的地方停下来，一生之中我再也没见过比那里更荒凉的地方了。在那里，黑色的松树和巨大的山毛榉枝叶纠结，不少树还因为枯朽倒在地上，彼此交错着正好堆成一道不可逾越的屏障。屏障另一边的黑影偶尔被隔断，岩石直削下去，是我趴在地上才敢望一眼的悬崖绝壁。山谷的罅隙间不时传来猫头鹰和海雕的叫声，幸好偶尔会有一些可爱的小鸟低声吟唱，稍稍缓解了这里的空寂与荒凉。我就是在此地发现了七叶石芥花、仙客来、鸟巢花、大株的拉泽花以及另外一些让我为之狂喜了很久的植物。可我真是完完全全被周遭这些东西感染了，植物学，甚至植物本身都被我抛到了脑后，我就坐在石松的伞菌上，坐在苔藓间纵情遐想起来，我以为自己是在一个与世隔绝的避难处，再也不会被那些迫害者搜寻到了。而且这遐想中还掺杂着某种骄傲之情。我自觉完全可以和那些发现某个荒岛的旅行家相提并论，于是扬扬自得地咕哝着：我一定是第一个进入这片天地的人；我几乎把自己当作是哥伦布第二了。可我正这样想的时候，忽然听见不远处传来一种我觉得挺熟悉的声音，叮叮当当的。我侧耳倾听，同样的声音反复不绝，而且频率越来越快。我有些吃惊，好奇地站起身来，穿过一片荆棘丛生的灌木林，向声音传来的地方走去。就在距离我刚才还认为是初次被征服的那片领土仅二十来米的地方，下面竟然是个手工工厂！

我发现它时心中那一种复杂矛盾的滋味真是难以形容。起先我有一点点高兴，因为本以为孤单一人的我，此时又回到了人群之中。但这缕兴奋去得简直比闪电还要快，随之而来的是久久的痛苦。原来就算是在阿尔卑斯山的岩洞里，我依然无法逃脱以折磨我为乐的毒手。我当时真觉得，就在这座工厂里，没有参加过蒙莫兰牧师领头的那场阴谋[1]的人，恐怕连两个都不到，我还几乎肯定是蒙莫兰牧师把他的别动队从远处给拉来了。我赶紧驱开这种阴郁的想法，到最后，我不由得为自己那点可怜的虚荣心，为这份虚荣心竟遭到如此滑稽的惩罚而感到好笑了。

但是，说句实话，谁又能料到会在绝壁之中发现一座工厂呢！也只有在瑞士才有这种原始自然与人类工业的奇特混杂。而整个瑞士，如此说来也仿佛一座巨大的城市，有着比圣安托万街还要广阔、还要漫长的大道，其间森林遍布、山脉横陈，一座座英国式的大花园将零零落落的房屋连接起来。说到这里我又想起还有一次，那是

---

1 蒙莫兰是卢梭住在莫蒂埃村时的牧师，卢梭认为后来那场石击案就是他一手策划的。

前不久，杜·贝鲁、德斯切尼、皮利上校[1]、克拉克法官和我到夏斯隆山去采集标本。我们一直爬到山顶，也就是在那儿我们发现了七湖[2]。听说山上只有一幢房子，倘若不是人们事先告诉我们房子里住着个书商[3]，我们是绝对猜不到房主的职业的，而且据说这个书商生意做得还不坏呢。我觉得这件事足以比任何一位旅行家的描述更能地道地说明瑞士这个地方。

还有一件性质相同或者说是相类似的事情，可以让我们对某种非常特别的人有个不坏的了解。那是我住在格勒诺布尔的时候，我经常到城外逛逛，采点小标本回来，那个地区的律师包维

---

1 这些都是卢梭在纳沙泰尔州时的朋友，贝鲁是当地一位富商，德斯切尼是纳沙泰尔的一名作家。
2 也许这是卢梭记忆有误，夏斯隆山上并没有七座湖。但如作者自己所言，并不在意"时间、地点、人物"的真实。
3 这里依旧为卢梭所误，书商住在夏斯纳山上，而不是夏斯隆山上。

埃先生总是陪着我，倒不是因为他也喜欢、精通植物学，而是因为他自认为是我的警卫，所以有义务寸步不离地跟着我。有一天，我们在伊采尔河岸附近长满刺柳的地方散步，我看见树上的果子都熟了，便好奇地想尝尝味道。果子带一种恰到好处的微酸，我就把它当清凉食物吃了。包维埃先生立在一旁看着我，他没吃，也没说什么。这时，他有个朋友突然过来了，看见我正在起劲地吃着这些果子，便说道："哎！先生，您在做什么呢？难道您不知道这果子是有毒的吗？""这果子有毒？"我惊讶地叫道。"当然了，"他继续说，"谁都知道它有毒，所以没有一个本地人会去吃。"我看着包维埃先生，问道："那您为什么不提醒我呢？""啊，先生，"他用一种非常恭敬的口吻回答我，"我不敢如此唐突。"我笑了起来，这就是多菲内省人式的谦卑，不过我总算停止吞食这些小点心了。我曾经以为，到现在也还相信，所有大自然赠予的可口食物都是无损于身体健康的，至少不食过量就不会有什么问题。不过我得承认，那天剩下的时间里，我十分关注自己的身体状况，但我也没有过分担心，尽管我已经吞下了十几二十枚可怕的小浆果，可晚饭也吃得很香，觉也睡得安稳，第二天一早起来还真精神抖擞，而第二天格勒诺布尔差不多人人都来告诉我这果子是有毒的，吃上一点就要死于非命。我觉得这件事蛮有趣的，每每回想起来，我都不禁要笑包维埃律师那种几近怪诞的小心。

只要一看到在这些地方采集的标本，我马上就会重新想起我为采集这些标本做的所有旅行，想起所有这些给我留下了强烈印象的各个不同的地方，想起所有当时泛起的念头以及所有穿插其中的趣闻逸事。是的，森林、湖泊、灌木、岩石，还有山峦，我再也看不到这动人心弦的旖旎风光了，我再也不会一一游历这些美妙的地方了，但我只要翻开我的标本簿，我又会被带回到这些地方去。正是我采集的这些植物的残片让我回忆起当时种种妙不可言的场景。对我来说，这不仅是一本标本簿，更是一本日志，使我每次都能怀着新的激情再度重温当年的一切，它有一种类似光学仪器的功能，能幕幕重现往事。

正是这条附带的思想之链使我深深迷恋上了植物学。它为我的想象力唤起、注入的这些思想，使得我的想象力渐渐从惊骇中复苏过来。我在这一切中所寻到的草地、流水、森林、孤寂，特别是安宁和休整，都借助这条链子，不停地在记忆中闪过。是它让我忘记了人们对我的迫害，忘记了他们对我的仇恨、蔑视，忘记了他们的阴谋，忘记了他们加在我头上用来报答我对他们的爱情的种种灾难。是它让我回到了静谧的居处，生活在以前我曾与之共同生活的简单而善良的人中间。是它唤醒了我，唤醒了我的年轻岁月和纯真乐趣，让我再次得以消受这一切。也正是由于它，我尽管有着任何一个凡人都无法遭遇到的悲惨命运，却能更经常地尝到幸福的滋味。

漫步之八

　　仔细想过自己在一生中各种境遇里的心情，我感到尤为惊异的是，我那多变的命途，与这种命途通常所带给我的欢乐或者痛苦的感受，竟是如此不相一致。各类短暂的荣耀几乎没有给我留下哪怕是一点点的深刻、持久的愉快记忆，恰恰相反，倒是在一生的重重苦难里，我却充溢着温存、动人、甜美的情感。正是这样的情感抚慰了我那颗欲碎的心的累累伤痕，将痛苦化为一种快感，日后我所能忆起的就只是一种快感，根本忘记了当时所经历的种种苦难。我似乎只有在痛苦之中才更能体味到生命的和悦，也许应该说，由于命运将我的情感收紧，使之专注于自己的心，我的情感才不至于浪费到外界那些根本不值得人去珍视、那些自谓幸福的人所操心的事情上去，于是我才得以真正活过。

当身边的一切都还在正常轨道上时，当我对这周围的一切，对我生活的圈子还算满意的时候，我对这个圈子真是倾注了满腔爱意。我那颗外向的心总是要跑到别的事情上去，总是会被遥遥外界的千娇百媚吸引住，痴迷不已，无意旁顾。从某种意义上来说我都忘了自己的存在，我全力投入与自己毫不相关的事情里去，心潮起落不定，人世沧桑尽历。而这风雨人生既没有给我带来内在的安宁，亦没有让我的躯壳得到休息。表面上我很幸福，可实际上我没有一份感情是经得起推敲的，或者说是可以让我得到满足、别无他求的。我从来没有对别人、对自己感到完全满意过。尘世喧嚣使我窒息，而孤独落寞我又无法忍受，我必须时时更换位置，然而无论身处何地我都不自在。但彼时我处处受到款待，受到青睐和欢迎，总是得到他人的爱抚。我没有敌人，没有人对我怀有恶意或抱有嫉妒之心。人们总是为我效劳，我自然也以替他人效劳为乐，虽然没有财产，没有地位，没有保护人，更没显示出什么过人的才能，我却安然享受着生活给我带来的这份好处，在我看来，可没有人的命比我的还要好了。那时究竟还缺些什么使我没能成为幸福的人，我不晓得。我只知道我并不幸福。

而今，究竟我还缺些什么才能成为这人世间最不幸的人呢？人们为此可谓煞费苦心了。然而，即使是在这样悲惨的处境里，我也不会和他们当中最幸运的人把命换上一换，我宁愿在这重重困苦中保持本我，也不愿像他们当中任何一个那样荣耀辉煌。沦落到孤身一人的地步，我真的只有用自身的东西来充实自己了，然而这个源头却是永不枯竭的，虽然我只是在枉然思考虚无之物，并且我那日益干涸的想象与我那日趋黯淡的思想已无法为我的心再提供什么养料，我还是完全可以自给自足的。不过问题是我这颗心为我的器官所阻隔遮挡，在这些巨大沉重的压力之下日渐沉没，再也不能像过去那样精神抖擞地冲破包裹着它的那层旧壳。

逆境强迫我们转回头来认清自己，而也许这正是大部分人觉得逆境无可忍受的原因。可对于我来说，我虽该为某些错误引咎自责，然而这些错误都不过是源于软弱，于是我从自省中得到的只有安慰，因为我心中从未萌发过一丝恶念。

但是，除非是蠢物，否则又怎能无视他们为我布下的这可怖的处境而泰然处之，又怎能不因痛苦绝望而送了性命呢？我没有死，没有害怕，就我这么一个最最敏感的人，却是能够无动于衷地看着自己所处的环境，不曾挣扎，甚至没有做过什么努力，我几乎是带着一种冷漠看着自己的。换了别人，恐怕谁都不会在这样的状况中无所畏惧。

我又是怎样做到这点的呢？因为起初，我刚刚开始对这场自己早在不知不觉中卷进去的阴谋有所怀疑时，我还远远未能拥有这份平和的心境。这个新的发现着实令我震惊，我不知所措地对着这一切耻辱和背叛。又有哪一颗正直的心能预料到这一类的痛苦呢？只有罪有应得之人才会有所预见。我掉进了人们在我脚边布下的一个接一个的陷阱，我愤怒、狂躁，甚至陷入一种谵妄里，根本不知道自己在干些什么。我的脑袋完全被震乱了，人们依旧不停地将我推向憧憧黑影里去，让我看不见一丝光明，没有任何支撑，没有任何落脚之地，让我再也扛不住这无边的绝望。

在这种可怕的状况下如何才能平静幸福地生活下去呢？我依然身处困境，并且比以往任何时候陷得都深，可我却从中找回了安宁平和。我幸福平静地生活着，看到那些迫害我的人无休止地只是在白白折磨自己，我真是觉得好笑。而我呢，我照过我的安稳日子，一心只念着花瓣、花蕊了。还有那些孩子气十足的玩意儿，我甚至都没想起过他们来。

这番转变如何得来的呢？这是一个自然的、不易察觉的、毫无痛苦可言的过程。起初的那份阵痛的确是够可怕的。我一直认为自己是受到别人爱慕尊敬的，也一直以为自己配得上这一份敬仰和亲近，可在突然之间我就变成了一个前所未见的怪物。我发现整整一代人都迫不及待地操起了这种看法，没有说为什么，也没有一丝犹疑愧意，甚至我都无从得知这番奇怪的巨变的缘由。我拼命挣扎却越陷越深。我非要迫害我的那些人说出个所以然来，但是他们总缄默不语。我久久地为这痛苦折磨着，无力自拔，真是想喘口气了。可我依然抱有希望，我对自己说："这样一种愚昧的盲目，这样一种荒谬的偏见哪里就可能控制住整个人类呢？总有一些有头脑的人不会赞同这种胡言妄语，总有正直的灵魂会厌恶这类的阴谋和背叛。我要去寻找，也许到头来我总能找到一个这样的人。而此人一旦被找到，他们便会陷入困窘之中。"我的寻觅却又是徒劳，我什么也没找到。这是个普天下的同盟，没有遗漏，亦没有逆转的可能。我确信自己的余生是要在这可怕的放逐中度过了，而且永远不能看破其中的奥妙。

就是在这样悲惨的处境里，长期焦灼不安之后，我倒摆脱了似乎是命定的一份绝望，而得到了安宁、静谧、祥和，甚至是幸福。因为每一天的生活都使我忆起快乐的前朝，我所希望的，也就是第二天能够依然如此继续。

这份置之度外又是源于何处呢？只有一个原因：这就是我学会了戴上我必然要戴的枷锁而不加抱怨。这就是如果说以前我还寄希望于成千上万的东西、想要有所依附的话，在这些支撑一个接一个地落了空之后，我便只依靠我自己，这才最终得以恢复镇定。我在各方压力之下能趋于平衡，这是因为再也无所留恋的我，依附的只是自己。

当我激烈地抗议着某种公众舆论时，其实我

恰恰是将自己置于舆论的桎梏下，只不过自己没有察觉到罢了。我们总是想要得到我们所尊重的人的尊重，而只要我还认为别人，至少说某些人是值得我看重的，他们怎样评判我于我而言就不可能是无所谓的。我觉得公众的评判通常还算是公正的，但我没有想这种公正乃是事出偶然，他们的观点所依据的准则不过是他们的激情，或激情造就的偏见，甚至就算他们做出了合理的评判，这评判也往往是建立在某种邪恶的原则上的。比如说他们会佯装很欣赏别人的一项成就，可这绝非出于公正之心。他们只是要摆出一副不偏不倚的姿态，好在其他方面对同一个人进行肆意诽谤。

但是，我白白探寻了这么长的时间，终于发现他们无一例外地固守着那种恶意创造的最不公道、最荒谬绝伦的思想体系，不肯放弃。我发现他们早已丧失了一切理智、一切公正之心。我看着整个一代人都似疯了一般被盲目的狂热导向，去全力反对一个从来不曾也不愿作恶的不幸的人。这时我明白过来，我再也找不到什么公正之士了，我终于不得不熄灭所有的希望之灯，冲自己叫道：根本没有这种人了。于是我才发现自己在这世上已孑然一身，于是我才懂得对于我来说，我的同代人不过是一堆机器，他们只在外力推动下做功，而我也只能凭借运动法则来计算他们做的功。即便我还可以揣测到他们心中的某种意图、某种激情，在我看来，这也不能为他们的行为做出什么我可以理解的解释。因而他们内心的思绪从此不再与我有任何关系。在他们身上，我看到的只是一堆形状各异的躯壳，一堆在我看来早就失了一切精神的躯壳。

在我们所面临的苦难中，我们所看重的，往

往不是结果而是意图。房顶落下的一片瓦也许会令我们伤得很重，但它远不如一颗弹自恶手、目标明确的小石子更令我们痛心。打击本身有时会落空，但恶意从来不会不达目的。在命运给我们的伤害中，最容易忍受的也许就是那种具体而微小的痛苦了，而当不幸的人们不知该将伤害归咎何人时，他们就把它归到命运的头上，将命运拟人化，给命运添上双眼和思想，这样就好像是命运瞄准了他们似的。这好比说是一个输了的赌徒，他不晓得该将自己的损失算在谁的账上，简直都要发疯了，可他想象是命运在专门和他作对，在折磨他，于是他为自己的愤怒找到了发泄对象，便立即斗志旺盛、精神饱满起来，好与他臆造的敌人做个较量。但是一个聪明人，他知道他所面临的这一系列灾难，虽说没有来由，却必然是要承受的，他才不会有这类疯癫的举动。他会因痛苦而呐喊，但不会狂怒，也没有愤恨。他只是被这种具体的痛苦折磨着，他所受的打击根本不会摧毁他，因为没有任何事情可以伤到他的心。

能够做到这点已经不错了，但我们可不能就此打住，因为这还不是全部。这只是将痛苦切除，但还没有根除。因为根不是在与我们毫不相关的别人身上，而是在我们自己身上，我们正是要在自己身上下功夫才能将它拔除。这就是我在开始内省时感到迫切该做的事情。我的理智告诉我，想要对所发生的这一切做个解释的念头是很荒唐的，我也终于明白，这一切我无从了解、无从解释的原因、工具和手段，对我而言根本不该有任何意义。我应将这命途上的所有细节视作纯粹出于命运之手的闹剧，我无须揣测它们的发展方向，也无须揣测它们的意图或是道德上的动机。我只要服从就可以了，因为推理和反抗都无济于事。而我在这世上唯一要做的就是把自己看成是一个完全被动的人，我可不该浪费那仅剩的一点用来承受命运的气力去做徒然的反抗。这就是我对自己所说的，我的理智、我的心似乎都接受了这个说法，但我总觉得我的心还在嘀嘀咕咕的。这嘀咕又是从何而来的呢？我探寻着，终于找到了，原来是我的自负感在作祟，我的自负心被别人激怒后，正翻腾起来与理智作对呢。

发现这个的过程可不如想象的那么容易，因为一个无辜的受害者一直是把他这个小人物的骄傲视作对公正的纯洁无瑕的爱情。但真正的源头一旦昭然，也就很容易干涸，至少很容易改流了。自尊对于骄傲的灵魂来说，是最大的动力；而自负，因为容易让人产生幻觉，乔装改扮一下，一不小心就会被误认为是自尊。但只要这种自欺欺人一被挑明，自负无处藏身，我们也就没什么好怕的了。我们虽然难以将自负就此完全消灭，至少我们可以比较从容地控制它。

我从来不曾太过自负，但当我跻身尘世，尤其是成了一个作家时，这份造作的情感也曾一度被挑起来。也许与别人相比我还算好，但对我而言已经是相当可以了。我为此接受的惨痛教训于是又将它限定回原来的范围之内；开始它曾竭力与不公正做斗争，可到最后它对于不公正只剩下了蔑视之情。经过一番内省，它斩断了外界使之越来越苛刻的一切，不再与他人攀比，也不再有所偏好，它只满足于我的洁身自好，重新又变回到一份自爱之情。这样，我的自负心还了它的自然本性，同时也将我从舆论的桎梏中解放出来。

从此之后，我就重新找回了灵魂的安宁，几乎可以说是享受到一种至乐。因为在我们所处的这样一种境况里，使我们感到痛苦不已的正是这份自负。而当自负闭上了嘴，理智代之而言时，理智便会告诉我们，这些苦难远非凭借我们自身的力量就能躲得过去，这样我们则可以欣慰一些了。甚至只要这些灾难不是立即落在我们头上，理智还能将它们化为乌有，因为只要我们不去烦心，就一定能避开最为尖锐的伤害。这些伤害对于从来不去念及它们的人来说，根本毫无意义。对于一个从不追究灾难背后隐匿的罪恶意图、只知道承受痛苦本身的人而言，对于一个从来不知道要去讨别人的欢心以博取某种地位的自尊的人而言，冒犯、报复、亏待、阴谋或是不公正根本算不得什么。无论人们用什么样的眼光看待我，他们都无法改变我；也无论他们有多大的能量，无论他们怎样去布下一个又一个阴险的陷阱，无论他们做什么，我都不予理睬，只管做自己的事。是的，他们对我的态度的确能改变我的现实状况，他们在我与他们之间竖起的那道屏障也的确剥夺了我在晚境中维持生计所需的一切物质和外援。连钱都变得没有多大意义了，因为我不会用钱来买必要的服务，在他们和我之间，没有交易，没有相互帮助，没有任何联系。孤独一人置身于他们之中，我就是自己唯一的生之源。然而在我这样的年龄，在我这样的境况里，这生之源也实在是太微薄了。这些灾难当然是够分量的，只是我已学会了如何平心静气地默默承受，它们也就失去了威力。我们真正感到确有所需的时刻毕竟不多。是预见和想象使之繁衍、膨胀，而也正是这条连绵不断的思绪之链使得我们忧心忡忡、痛苦不堪。对于我来说，知道明天要忍受痛苦根本是毫无意义的，只要今天不受折磨我便一定会安静下来。我几乎不会再为日后所要经受的苦难而担忧，我只会为现时亲身体味着的苦难而难受，这样一来，我的痛苦就所剩无几了。只有在孤单一人卧病在床，没有任何人为我操心挂虑时，我才可能会贫困潦倒、饥寒交迫而死。但只要我也不挂虑我自己，只要我也和别人一样，听凭命运捉弄我，这一切又还有什么关系呢？特别是在这个年龄，学会用同样一种漠然的态度来看待生命与死亡、疾病与健康、财富与穷困、荣誉与诽谤，难道说是件无关紧要的小事吗？几乎所有的老人都是无所不虑，而我却是一无所虑。无论发生什么事情，我都无所谓，可这份冷漠倒不是我的智慧结晶，它是我的敌人的杰作。我当然应该学会利用这些好处以补偿他们给我带来的痛苦。是他们使得我学会了处变不惊，而如果说他们是要不遗余力地伤害我的话，倒是不意给了我一笔可贵的财富。如果我从未经历过逆境，我会总是战战兢兢的，可现在我战胜了它，于是我再也无所畏惧了。

就是在这样的心绪里，尽管我这一生可谓逆境重重，我却始终可以持一份天性里的漫不经心，就仿佛是在过着某种荣耀辉煌的日子一般。在某些短暂的时刻，我也许还会触景生情地牵起往日种种痛苦焦灼的回忆，可其余大部分时间里，我的心都倾注在它为之吸引的种种爱好上，被它生就追逐的种种情感充填得满满的，而我便和自己想象中具有这些情感的人分享它们，就好像这些人是真的存在一样。正因为这些人是我假想出来的，我不必忧虑他们会背叛我或抛弃我。他们会一直伴我度过不幸的日子，而有了他们的存在，我也就不再觉得自己是那么不幸了。

所有一切又把我带回到这样一种命定的幸福温馨的生活里来。我一生中有四分之三的时光都是这么度过的：全身心地投入一切令我欣悦、极富教益的东西里去，与依我心愿臆造出的种种梦想的产物相伴相随，或者只和自己在一起，因为我对自己是那么满意，仅仅这样就可以享受到我认为自己完全应该得到的一切幸福了。而这一切只是出于对自己的一份爱意，与自负心不甚相干。可有时我也还会回到人群中去过悲惨的日子，为人们阴险的抚慰、夸张嘲讽的恭维或邪恶的谄媚所蛊惑，沦为他们的玩偶。这时无论我还能做些什么，总免不了受自尊心的驱使，透过他们拙劣的伪饰，我看到的是他们心中充满了仇恨和憎恶，这着实令我心痛欲碎。而一想到我竟如此愚昧地沦为他们的玩物，痛苦之上更是平添了一份无谓的气恼，这些可都是愚蠢之至的自负心的产物，虽然我已感觉出自己有多傻，但是我已无力自拔了。为了习惯于经受这种侮辱嘲弄的目光，我不知做了多少努力。不下一百次，我特意从人群中走过，专往人群密集的地方去，唯一的目的就是锻炼自己这种经受残酷的嘲弄的能力。可我不仅没有达到目的，甚至无所进展，所有这些努力都是白辛苦，我和从前一样易躁、易怒，和从前一样容易受伤。

我是一个被自己的感官牢牢控制的人，无论做什么，只要感官被刺激了，我就无法抗拒不去做了，并且一旦某样东西作用于我的感官，我的情感便无法不为之触动。但只要引起这份情感的感觉不存在了，这份情感也就立即随之消散。一个满怀仇恨的人出现在我面前，一定会令我坐卧难安的，可一旦此人消失，我就再也没有了这种强烈的感觉。只要我不再看见他，我就根本不会去想他，我才不管他是否还在记挂着我呢，反正我是不会再去操他那份心了。只要不是眼下正感受着的痛苦，我丝毫不会受它的影响，而迫害者对我来说，也是眼不见为净。我晓得自己这种态度会给那些操纵我命运的人带来什么样的好处。就随他们去摆弄好了。如果为了免遭他们迫害就不得不成日想着他们的话，我还是宁愿毫不反抗地任由他们折磨。

而一生之中也只有当我的感官作用于我的情感时，我才会为之受苦。在看不到人的日子里，我从来不会去思忖我的命运，甚至感觉不到它的存在。我不再在痛苦中受煎熬，我是那么幸福，那么满足，没有杂念，也不会受到妨碍。但是就在突如其来的时刻里，哪怕是瞥到的一个手势、一种阴森的眼光，或是偶尔听到的一个恶毒的词，偶尔撞见的一个恶人，这类可感的伤害都足以使我心烦意乱，我根本避之不及。在这种境况里我唯一可做的便是尽快忘记这一切，尽快地逃走。只要使我心烦的东西一消失，我的心便立即忘记了这份焦虑，在独处中找回了安宁。而倘若我还有所焦虑的话，那就是在恐惧还会碰见什么使我痛苦的东西。这正是我唯一的却足以取代我幸福的困苦所在。我住在巴黎，有时出了家门渴望能享受一回乡间的静寂，然而要走这么远的路，早在我找到避难所可以畅怀呼吸以前，一路过来我就要与这么多灼伤我心的东西相遇，这样一天之中倒有半天要在恐惧里度过。所幸的就是还能平平安安走完这段路。摆脱了恶人樊笼的那一瞬真是美妙无比，一旦身处绿树繁荫之间，我就觉得自己是进了人间天堂，我品味着浓烈的欣悦之情，就好像是芸芸众生里最幸福的一个。

我还记得很清楚，在我那些极为短暂的光辉时刻，就是这种在今天看来是如此甜美的孤独漫步，那会儿却显得枯燥无味，令人心烦。那时我若到乡间做客，有时也一个人出去到户外走走，呼吸呼吸新鲜空气。我像个小偷一般悄然溜走，在公园里或田野间散散步。但我远远不像今天这般能体味到这种幸福的安宁，刚才沙龙里种种无聊的念头还在我脑际萦绕，于是那些我刚离开不久的同伴好像又跟着我出来了。就算是一个人，自负的雾气和尘世的喧杂也蒙蔽住了我的双眼，使我无法看见清新的灌木，无法享受遁世的安宁。我枉然逃往森林深处，总有一大群讨厌的人到处跟着我，遮住我面前的大自然。只是在摆脱了一切人情世故，摆脱了他们可悲的纠结之后，我才重又体味到大自然的种种魅力。

等我确信这无意识的冲动根本是无从遏制的时候，我放弃了一切努力。每每受到伤害，我就任由自己鲜血燃烧，任由自己的感官浸淫在愤恨和狂怒中，反正我无力遏制住，我就听任这怒火以其天然状态爆发出来，我要做的只是在其尚未产生后果之时，竭力阻止这种状态延续下去。双眼放光、满面通红、四肢颤抖，还有令人窒息的心跳，这一切都纯粹是一种生理反应，理智是无能为力的，但只有在任由它原原本本地爆发出来以后，人方能重新控制住自己，渐渐恢复知觉。长期以来我努力想这样做，可一直没能做到，幸而到了最后还算有点成效。我不再拼命去做徒然的反抗，只听凭自己的理智去行动，等待它取得胜利的那一刻，因为只有在我能听到它说话的时候，它才会对我开口。唉！我这是在说什么呢？唉！我的理性？把胜利归功于它，我也许是大错特错了，因为压根没它的份。这一切都同样源自我那多变的性格，狂风吹过便波涛翻滚，风平浪静时又归于安宁。我的躁动不安是出于我那炽烈的本性，可我得以平静下来亦是出自我另一种慵懒的本性。于是我听凭自己为天性所驱,因为任何冲击都只能是虽强烈却短暂的一瞬。只要外界冲击停下了,这一瞬动荡也就过去了,绝不会有什么能一直延传到我的心中。对于像我这样复杂的一个人,命运的安排、人类的诡计又还能起到多大作用呢?真要想置我于长期的痛苦之中,则非得每时每刻都给我以新的痛感。因为一经中断,不论这中断的时间有多长,都足以让我回到自我之中。只要别人能作用于我的感官,他们就能拿我取乐,可一旦他们稍事松懈,我则又重新变回到天性使然的状态里来,这种状态——不论他们做什么——一直是我身上最为恒定的一种状态。也只有在这种状态里,我才能无视命运的捉弄而幸福依旧,本来天之生我也就是为着让我品尝这份幸福的。关于这种状态,我曾在一篇漫步中提到过。这种状态是如此合我脾性,我再也别无他求，只求尽可能将它延续下去，只愿它不要受到侵扰。人们加之于我的痛苦，无论以何种方式出现，都不会对我产生丝毫影响，要说还有所焦虑，那只是在恐惧，在揣测他们还要让我承受什么样的痛苦。但我确信，他们再也没有什么新的花招能让我沉湎于某种情感世界里不能自拔，因此对于他们的种种阴谋，我只是觉得可笑，因此我依然能我行我素，自得其乐。

漫步之九

　　幸福是一种这尘世里似乎无法享有的永久的状态。在这个世界上，一切都不过是潮涨潮落，又何曾有过一样东西能以固定不变的方式存在呢？我们周围所有的事物都在变化之中，就连我们自己也是在不断地变化，没有人能担保自己明天还依然爱着今天之所爱。因此我们所有的幸福生活之计都是自欺欺人。我们还是该在快乐来临之际就尽情享用它，只要小心不要因为自己的错误而远离这份快乐就足够了，千万不要做什么计划，处心积虑地将之维系下去，因为这些计划说到底只是纯粹的妄想而已。我很少看见别人的幸福之情，也许是从来没有看见过。但我经常看见别人心满意足。在所有给我留下了强烈印象的事情里，这也是最使我自己满意的一件。我想这是我的感觉作用于我内心情感的必然结果。幸福并没有挂上明显的标志，要想认出它则非得读明白幸福之人的心不可。但快乐之情却能从一个人的眼睛、举动、语调和步态里读出来，你会觉得他无处不在地向你传递着这份快乐呢。难道还有比透过生活的重重乌云，看见整个民族都沐浴在虽短暂却强烈的快乐之光里，心花怒放地庆贺一个节日更加欢畅的事吗？

三天前，P 先生[1]几乎迫不及待地跑来给我

---

1 指皮埃尔·普雷沃，在卢梭最后的日子里，他经常去探访卢梭，那时普雷沃大约二十六岁。

看达朗贝尔先生写给约弗兰夫人的那篇颂词。他说颂词里充斥着滑稽可笑的新词怪字和文字游戏，因此在没读之时就哈哈大笑了一阵。然后他就边笑边读。我一本正经地听着，根本不像他这样。他见状才安静下来，不再笑了。这篇洋洋洒洒、措辞讲究的文章描写的是约弗兰夫人如何乐于看见孩子，如何乐于逗他们说话。作者由夫人的这种态度引发出人性善的一面的论证。但他不是仅仅停留在这个角度上，他最终的意图在于控诉不以此为乐的人具有多么邪恶的本性，根本就是恶念重重，甚至他还说如果就这点审问一下被判绞刑或车轮刑的人，一定毫无例外地都有不爱孩子这一条。这些论断放在这篇赞词里可真的产生了一种奇特的效果。就假定这些论断是正确的，难道应该在这种场合下提出来吗？难道应该用罪人的形象或酷刑的场面去玷污对一位可敬的夫人的赞美吗？我很快就明白过来这种卑劣的热爱所蕴含的动机。P先生念完颂词后，我告诉他我认为哪些地方写得还不错，同时我也补充道，能写出这篇颂词的人，在他心中一定是仇恨多于友情。

第二天虽然寒冷，可天气晴朗，我一直散步到军事学校附近，想看看那里长得正茂盛的苔藓。我一路上都在想昨天P先生的来访和达朗贝尔先生的那篇文章。我很明白这文章绝非毫无心机的七拼八凑，他们平常什么东西都瞒得我很紧，那天却如此殷勤地要把那本小册子拿给我看，他们目的何在，我一目了然。我把我的孩子都送进了育婴堂，仅凭这点他们就足以把我歪曲成一个丧失天良的父亲。他们怀着这样的想法，再将之延伸一下，便渐渐推断出一个显而易见的结论，那就是我仇恨孩子。通过这样的逐层推理，我着实为人类颠倒黑白的本领赞叹不已，因为我根本不相信还有人比我更加喜欢看孩子们在一起嬉戏玩耍的了。经常，走在大马路上，或在散步途中，我都会停下脚步，怀着任何人都不会有的莫大的兴味看着小家伙们打闹游乐。就在那一天，P先生来访前一小时，我房东杜苏索瓦家最小的两个孩子才来过，他们当中大一点的大概只有七岁。他们如此情真意切地拥抱我，我也以柔情相报，虽然年龄悬殊极大，他们看来的确是发自内心地乐意跟我待在一块儿。我看到自己这张老脸竟然没有使他们厌烦，也真是由衷地欣慰。尤其是那个小的，似乎非常愿意待在我身边，于是比他们还要孩子气的我打心底里对他有份偏爱。看到他转回家去，我更是那么恋恋不舍，就好像这孩子是我亲生的一样。

我知道，在我将孩子送进育婴堂的事情上，

只要稍微添油加醋一番，就很容易把我歪曲成一个丧失天良的父亲，指责我仇恨孩子。但是我之所以迈出这一步，根本就是在于倘不如此，他们的命运更是要不可避免地坏上千倍。如果我对孩子们的未来果真是漠不关心，在不能亲自抚养他们的情况下，我完全可以把孩子交给他们的母亲，任由她把孩子们宠坏，要么交给孩子的外祖父母家，那人们一定会把我的孩子塑造成魔鬼的。一想到这我就不寒而栗。在我看来，穆罕默德对赛伊德[1]做下的事，与日后别人有可能对我孩子做下的事相比，大概根本算不上什么。他们后来为我设下的一个又一个的陷阱，足以证明在这件事上他们的确早已谋划好了，实际上当时我远未料到他们那些恶毒的阴谋诡计。我只是暗暗

1　出自伏尔泰的悲剧《穆罕默德》。赛伊德是穆罕默德的养子，穆
　　罕默德爱上了赛伊德的妻子，强迫他离婚。

觉得育婴堂的教育对他们而言也许是最为妥善的，所以就把他们给送进去了。如果换到今天，此事依然有待我来决定，我仍然会毫不犹豫地这样处理的。我很清楚，只要世俗对我的天性不是那么苛刻地压制，对我的孩子来说，我一定是天下最为仁爱的父亲。

　　假如说今天我对人心已经有了更多的了解，这完全得益于我看到孩子、观察孩子时的那份乐趣。可也就是这份乐趣，在我年轻时却阻碍了我对人心的了解，因为那时只要一和孩子们在一起，我就一心只想着和他们怎么开心怎么玩儿，全然忘了要对他们稍事研究。可现在我老了，我那张沧桑日甚的脸会吓着他们的，于是我尽量不惹他们心烦，我宁愿节制一下自己的兴味，也不愿去惊扰他们的快乐。我满足于躲在一旁悄悄地看他们做游戏，有时还会有小小的恶作剧。我觉得这些观察使我获得了关于天性的冲动最初步、最真实的了解，而这一切恰恰是我们的学者一无所知的，由此我的牺牲便得到了补偿。我在我的作品中所记录下来的一切足以证明我从事这项研究时是多么专注，是多么兴致勃勃。要说一个不爱孩子的人能写出《爱洛伊丝》或《爱弥儿》[1]这样的作品来，那不免是天下最令人难以置信的事情。

我从来不曾是个才思敏捷、能言善辩的人。而自从不幸降临之后，我的语言和思想更是越来越迟钝了。我转不动一个念头，也说不出一个词，但是与孩子们交谈，这着实要求有一种超常的辨别和选择表达方式的能力。再说，听众又是那么专注，我既然是特意为孩子们写了几本书，

———

[1] 两部均为卢梭著作。《爱洛伊丝》即卢梭的《新爱洛伊丝》，发表于1761年，《爱弥儿》发表于1762年。

他们自然要将我的话奉为神谕，他们给我作品所做的这种注释、这种分量，使我更加为难。就是这种极度的困窘，加之我自我感觉到的无能，使得我茫然无措，不知所以。我真觉得就算在随便哪个亚洲君王面前，我也会比在一个需要絮絮叨叨与之说个不停的小家伙面前更为自在的。

还有另外一个不便之处使得我同孩子们更加疏远了。自从灾难降临之后，我仍然是很乐于见到他们的，但已无法与他们十分亲近了。孩子们不喜欢衰老，那种老态龙钟的样子在他们眼里是如此丑陋，而若看到他们对我流露出厌恶的表情，我会伤心的。如果要给他们带来困窘和厌恶，我宁愿克制自己爱抚他们的欲望。这种只有真正具有爱心的人才会产生的动机，对于那些男男女女的博学之士来说，当然不值一提。约弗兰夫人就很少在意孩子们是否乐意和她在一起，反正只要她和孩子们在一道感觉开心就够了。但是对我而言，这样的乐趣不仅毫无意义，简直可以说糟透了，因为倘若孩子们没有感到同等的乐趣，这种乐趣就是相反的。在我这样的年纪，在我今天的这种境况下，孩子们和我在一起时已不再会心花怒放了。也许极其偶然还有这种可能，也唯其罕见，我才更觉其甜美，就像那天早上我与杜苏索瓦家的孩子亲热时那样。这不仅因为领他们来的保姆没有强迫我——我自己当然也觉得无甚必要——非得在她面前说些什么，而且因为我发现孩子们跟我在一起时一直都很开心，我没让他们感到有丝毫的不快和厌烦。

噢！如果还有这样的短暂时刻，让我得以享受到发自内心的亲热，哪怕是个尚在襁褓之中的婴儿给我的爱抚，如果我还能在别人眼中看到因为和我相处而产生的一份愉悦和快乐，我的心灵得到的这虽然短暂却很温暖的宣泄将平息我多少的痛苦和悲哀啊！啊！这样我就再也无须到动物中去找寻人类拒绝向我投来的善意的目光了。我很少有机会在人群中辨出还有这样的目光，可哪怕就偶尔的几回，在我记忆中始终也占有珍贵的一席。下面我要说的一件事，如果我处在别的任何一种境况下，怕是早忘了，但这事给我留下了非常强烈的印象，因为它足以说明我已落到何等悲惨的处境。

那是两年前，我在新法兰西咖啡馆附近散了一会儿步，继续向前走去。然后我往左拐，为了打蒙马特高地那儿绕一圈，我就从克利尼昂古村穿过去。我漫不经心地走着，兀自沉醉在遐想之中，也没留意身边的事物，可突然之间我觉得自己的膝盖给抱住了。我一看，原来是个五六岁的小男孩，他拼命抱住我的膝盖，用那样一种亲热温存的目光看着我，我真觉得五脏六腑都被他震动了。我自忖道：如果是我自己的孩子，他们也会这样待我呢。我把孩子抱在手中，忘情地吻了吻他，然后继续走我的路。我一边走着，一边总感到自己缺了什么似的，越来越觉得有一种需要，使我不禁要折回头去。我谴责自己怎么能一下子撇开孩子就走，虽然他这番举动并没有什么明显的缘由，不过这里面倒好像含着某种不可小看的灵感呢。最后我终于拗不过自己的欲望，掉回头向那孩子跑去，重新抱起他，还给了他一点钱，向凑巧从身边走过的小贩买了几块糕点，然后就开始逗他说话。我问孩子他爸爸在哪里，他指了指正在箍桶的那个人。我正准备离开孩子跟那箍桶匠谈几句，这时我看到一个脸色灰暗的男人抢在了我前面，我怀疑他就是被不断派来盯我梢的密探之一。那个男人凑在箍桶匠耳边嘀嘀咕咕的时候，我发现那箍桶匠定定地看着我，目光里可没什么友善的意味。我的心一下子就抽紧了，赶紧匆匆离开这父子俩，走得迫不及待，简直比刚刚折回头时还要快，刚刚那份美好的心绪被搅得一塌糊涂。

但是打那以后我老是念念不忘当时的感觉。我数次从克利尼昂古村走过，总想再见到那孩子，但他和他的父亲，我都始终再未见到过。这次相逢留给我的就只有这份亦喜亦悲的回忆，宛如别的一切能深入我心的情感，势必以苦涩而告终。

但一切都有所补偿。如果说我的快乐是如此稀少、如此短暂，我却能够在它们来临之际尽情享用，较之能经常享受它们时还要畅快。我反复咀嚼回味，时不时地就要回忆起当时的种种情景，因而无论它们是多么罕见，仅凭着一份纯净，我就远比在我的辉煌时刻里幸福得多。在极度潦倒时，往往只需一点点东西就足以使我们感觉到富有了。一个乞丐，他只要得到一个埃居就会感动得无以复加，换成一个富人，就算得到一袋金子也断不至如此。如果人们看到，我趁迫害我的人麻痹大意时得以偷尝到的这类稀有乐趣竟给了我怎样一份感动，一定会笑话我的。其中最最甜美的，是四五年前的一件事，每每我回想起来，都为当时能品尝到这份乐趣而欣喜不已。

有个星期天，我和我太太到马约门去吃饭。饭后我们穿过布洛涅森林一直走到拉米埃特花园，在那儿的草坪阴处坐了下来，等太阳落山再从帕西不紧不慢地走回家去。这时，有个修女模样的人领了二十来个小姑娘来，一些姑娘坐下了，另一些姑娘则在我们身旁嬉戏玩耍。就在她们做游戏时，有个卖蛋卷的小贩走过，手里拿着鼓和转盘招揽顾客。我看见那些小姑娘都挺眼馋那蛋卷的，而且其中有两三个看上去大概身上有几文钱，正在请求修女让她们去碰碰运气。修女犹豫着还没让步，我就叫过小贩，对他说让那些女孩每人玩一次，钱由我来付。听到这话，那群孩子高兴极了，仅仅这份喜悦，就足以让我为此囊倾一空，并且让我觉得是价有所值。

由于我看见她们一拥而上显得有些混乱，便征得修女的同意，帮小姑娘们在一边排好队，等她们转完了再一个接一个地从另一边离开。虽然轮盘没有空门，即便没有中彩她们至少每人也能得到一个蛋卷，因而她们当中任何一个多少都会有些高兴的。为了使这件盛事的气氛更加热闹一些，我悄悄跟小贩说，让他把平素那些巧妙的手段反过来用，尽量让小姑娘们多中些彩，账自有我最后跟他算。因为事先有所准备，所以最后总共中了一百多个蛋卷，小姑娘每人倒是只转了一次，我一向不赞成会产生不快的偏心以及过分的纵容，并且在这一点上从不让步。我妻子也暗示赢得多的分一些给同伴，这样大家差不多可以平等地分享，也就差不多一样开心了。

我请修女也玩一次，当时还很怕她会不屑地加以拒绝，但是她好心地接受了，也和她带来的那些寄宿生一样转了一下，没有一丝作态地取了她应得的一份蛋卷。我真是对她怀有无尽的谢意，因为我觉得这是一种深合我心的礼貌，远比那套矫揉造作要好得多。在这个过程中，小姑娘们也发生了争吵，一一告到我面前来为自己辩护，我乘机好好地打量了她们一番。我发现她们当中虽然没有一个算得上是漂亮，倒是有几个还挺可爱的，足以弥补她们不太好看的地方。

最后我们高高兴兴地分了手，这个下午是我

一生中回想起来感到最为满意的一个下午。再说这场盛事花费也不算很大，我最多出了三十苏，可是我得到了一百埃居也买不来的快乐。真的，真正的快乐哪里可以用金钱来计算呢。快乐也许更愿意与铜板做朋友，而不是和金路易结交。后来又有好几次，我仍在同一个时间到同一个地方去，就是想再看看这群小姑娘，但始终未能如愿。

这又让我想起另外一件差不多也是一个类型的乐事，在记忆中，它已经很遥远了。那是在颇为不幸的年代，我混迹于富豪文人的圈子里，有时不得不与他们分享某种可悲的乐趣。有一次我在舍佛莱特[1]，正赶上别墅主人的生日。她全家

---

1 舍佛莱特是埃皮奈家的产业，距离卢梭的隐庐不远，因而卢梭在蒙莫朗西村居留时，常被邀请去舍佛莱特。卢梭与埃皮奈夫人交往很深。

都欢聚一堂为她庆贺生日，为此用上了所有取乐的方法，沸沸扬扬的，表演、筵席、焰火，应有尽有。大家给折腾得头昏眼花，连喘气的工夫都没有了，哪里还有气力玩乐。饭后我们跑到大马路上去呼吸新鲜空气，那儿正在举行一种类似集市的聚会。我们也混进去跳舞，先生们放下架子找农妇共舞，不过夫人太太们仍然很矜持。集市上在卖一种香料蜜糖面包，有一个同去的小伙子竟然买了一些然后一个个地掷向人群，看到那些可怜的农民一哄而上互相争夺吵闹的样子，大家好不开心，竞相效仿。面包从左抢到右，姑娘小伙们跑着、闹着，踩过来踩过去的，大家似乎都以此为乐。虽然在我的内心没有觉出一点点他们所感受到的那种快乐，但我也不好意思不像他们一样。只是没一会儿，我就厌烦了这种掏空口袋买人群相互倾轧的乐子，便丢下他们，独自一人去逛集市了。市场上林林总总的东西着实让我迷了一阵子。我看见有五六个萨瓦人围着一个小姑娘，小姑娘挂在胸前的售货筐里还有十二个左右的干瘪的苹果，看样子很想脱手。她身边的萨瓦小伙子看上去倒挺想成全她的，不过他们只有两三文钱，根本抵不了这些苹果的价。这个货筐对他们而言就好像是欧斯珀理德[1]的果园，而小姑娘呢，就是看着这园子的龙。这出喜剧，我立在一旁欣赏了很久，最后我上前解决了这事。我向小姑娘买下了苹果，然后分给周围的小伙子。就这样我眼看着一种年轻纯真的快乐在我身边弥漫开来，这真的足以使任何一个人为之感怀，因为每一个看到这个场景的人都在同样地分享着这一快乐。而我，用这么点钱就换来了它，我更为自

---

1 欧斯珀理德：古希腊神话中守护大地女神该亚送给天后赫拉的金苹果树的女神。

己成就这一杰作而深感欣悦。

将此番乐趣与我才将逃离的那番乐趣做个比较，我很满意地感觉到，一种是极为纯洁的，另一种则是因摆阔心理而自然产生的，这两者之间有着多大的区别呢？后者只能是出于讥讽调笑或自视甚高的轻蔑之情。你倒是想想，看到一大群贫贱的人为了渴望抢到一点点被踩得粉碎、沾满了泥巴的蜜糖面包而相互推搡、拥挤、践踏，从中究竟得到的是什么样的快乐呢？

在我这方面，我仔细考虑了一下我在某些时刻所急于品尝到的这类快乐，我发现自己并非是因为发了善心才体会到这份乐趣的，也许更重要的在于我能看到一张张快乐的面庞。对于我来说，这似乎只是一种感觉，感觉到有一种深合我意的甜蜜。如果我自己看不到由我引起的这份满意之情，我敢肯定这份快乐至少会少掉一半。这甚至可以说是一种与我本身不太相关的乐趣，它并不取决于我在其中起了什么作用，因为在万众欢庆的节日里，能看到一张张快乐的面庞，始终对我有莫大的吸引力。然而这种渴望在法国却时常要落空。因为自称快乐无比的法兰西民族实际上很少在他们的嬉戏中表现出什么快乐来。以前我经常到农舍去看小老百姓们跳舞，但这些舞蹈可真是够乏味的，那种舞姿里简直充满了悲意，笨拙极了，我不仅没有从中得到什么快乐，看完了反而会伤心起来。可在瑞士的日内瓦，笑声朗朗，从不会不停地转化为轻浮邪恶的捉弄，一切都沐浴在节日的一份满足与喜庆里。在这节日的快乐中，悲凄从不曾展示过它那可厌的面孔，亦少有那种奢华的傲慢；安逸、友爱、和谐使得所有的心灵都快乐无比。就在这样一种纯真的快乐里，素昧平生的人得以相互攀谈、相互拥抱、相互分享节日的欢畅。我若是想享受这可爱的节日，都无须加入人群中去，只要立在一旁观看就足够了。看看他们我便能分享到他们的快乐，在这么多被欢乐浸透了的面庞里，我敢肯定再没有哪个人的心比我的还要快乐了。

虽然这只是一种使感官得到满足的快乐，其中当然也包含有一定的道德因素，因为即便看到的是同样的面孔，而我得知这些面孔上的快乐愉悦之情不过是他们恶意满足后的流露，我不仅不会欢畅欣悦，相反会痛苦不堪甚而愤怒之至的。纯洁无瑕的快乐是唯一能令我心得到快乐的。那种出于讥讽的残酷的快乐，却只能使我深深为之悲哀、心碎，哪怕它和我一点关系也没有。当然，由于产生的机缘不同，这两类表情肯定也不尽然相同。但是它们毕竟同为快乐的表情，这当中微妙的差异绝不会像它们所引起的我的心绪的起伏那么大。

我对痛苦和悲伤的表情则更为敏感，看到这一类的神态，我更加心情激动，也许往往比这类表情本身所体现的情感要更为激烈。感觉，加之想象，使我与那不幸的人一道承受着程度相同的痛苦，我心中的忧愁比那个痛苦的人所感到的忧愁更甚。我实在无法忍受一张不快乐的脸庞，尤其是感到这份不快乐正冲我来的时候。以前我会傻乎乎地被别人拉到他家里去住，而那里的仆人总是会让我为他们主人的殷勤好客付出昂贵的代价。他们极不情愿地侍候我，给我埋怨的脸色看，我真不知为此付出过多少埃居呢。我总是不可能不被这些触动人感官的事情影响，尤其是这类快乐或者悲伤的表情。我只能听凭这些外界的东西给我的心留下一个又一个的深刻印记，唯一逃避的办法只能是一走了之，眼不见为净了。哪怕是一个陌生人的一种表情、一个手势、一个眼神，也足以搅乱我的快乐或平息我的痛苦。我只有在孤身一人时才属于我自己，出了这个范围，我便总是要沦为周围所有人的玩偶。

以前，我也曾快乐地周旋于人世，可那时我看到的都是善意的眼睛，最多不过是由于不相识而表现出来的一种冷漠。然而今天，有人费尽心机地策划着让天底下的人都来认识我这张脸，至于我的本性，他们则故意不予标志了。走到街上，满满地围着我的都是令我心碎的东西，我只有赶紧迈开大步向田野奔去。只要看到一片葱茏的景象，我便又恢复了呼吸。在这样的情况下，我对孤寂情有独钟又何足为奇呢？在人们脸上，我读到的只是仇恨，而大自然却始终如一地冲着我微笑。

不过我还得承认，如果别人认不出我这张

脸，生活在人群之中依然是有快乐之处的。只是如今，这样的快乐一般来说我已无福消受了。就在几年前，我还很喜欢步行穿过农庄，看农夫修理桩栿，看农妇带着孩子站在门前。我也不知道是为什么，这幅场景总让我的心充满了一种莫名的感动。有时我会不知不觉地停下脚步，看着这些善良的人嬉戏玩耍，有一种无从解释的艳羡。我不知道那些人是不是又注意到我对这份小小的乐趣竟如此感怀，也不知道他们是不是将剥夺我享受它的权利。然而反过来当我发现自己途经之处，人们都拿那样的一种神情看着我时，我就不得不明白这些人是绝不会再让我这样隐姓埋名下去的。在荣军院也有类似的事情发生，不过那事更为明显罢了。我一直对荣军院抱有好感，觉得设立这种机构真是件美好的事情。我总是满心感动、满心敬慕地注视着荣军院里的善良的老人，他们也有资格像斯巴达的老人那样说：

> 我们也曾经
>
> 年轻、健壮和骁勇[1]

我最乐意去的散步处所之一便是在军事学校
附近，在那里时不时就会撞见几个残疾军人，他
们身上还保留着旧时军人的一种善良。看到我经
过，他们总会向我致以问候。这种问候使得我更
加乐于见到他们，并且我的心一直报之以百倍的
热忱。由于我从来不晓得掩饰自己的感动之情，
我就老是要和别人谈到这些残疾军人，谈到他们
如何使我深深感动。这实在已错得够多了。过了
一段时间，我发现他们好像都已经认识我了，或

---

1 这是斯巴达人用来伴舞的民歌歌词。

者更确切地说是更加不认识我了，因为他们也拿公众的那种眼光来看待我。眼里没了善意，也不再向我打招呼了。取代他们初始那种温文尔雅的态度的，是一种令人厌恶的表情和一种凶残的眼神。也许是因为他们过去所从事的职业吧，他们不懂得像别人那般用冷笑和虚伪去掩饰他们的厌恶，他们对我的强烈仇恨是那么明明白白、一览无遗。凭我的判断，我觉出他们当中有些人已对我燃起了熊熊的仇恨之火，这真是惨到极点的事情啊。

自此以后，再到荣军院附近去散步，我就不再那么快乐了，但是，由于我对他们的感情并不取决于他们对我的态度，看到这些曾经保卫过我们祖国的老人，我依然对他们怀有一如既往的尊敬和善意。然而看到我对他们的公正之心竟得到了这样的回报，我又怎能不为之受到煎熬呢？幸而我还能碰到一个未曾接受过公众教诲的人，或者偶尔没被认出来，因而没有看到什么厌恶之意的流露，甚至能得到善意的问候，这也就足以补偿其他人对我的那种可厌的态度了。我会忘却其他所有人的存在而独独将他记在心里的，我会想起在这世上还有一颗与我一般的、仇恨无法渗进的灵魂呢。就在去年，当我渡河去天鹅岛[1]时，我还品尝到过这类的快乐。那天有个可怜的残疾老军人坐在船上，正等人上船一同过河。我上了船让船夫马上开船。恰巧那会儿水挺急的，因而渡河的时间比平时要长些。刚开始，由于我平素遭惯了冷淡的白眼，我几乎不敢和这个残疾军人搭讪。但他那善良的神情使我放下心来，我们就聊上了。我觉得他是个通情达理，同时也很具道德

---

1 天鹅岛是塞纳河中的一座小岛。

感的人。起初我惊诧于他竟会用如此不加设防、如此和蔼可亲的语调跟我说话。我真是高兴极了，我还不曾习惯别人对我这么友善呢。到后来我才听说他刚从外省来不久，这样我也就不以为怪了。我明白过来别人还没来得及教他辨认我的相貌，还没来得及给他什么指示呢。我就利用这不为人知的一瞬同一个人交谈了片刻，从中我发现，即便是最最普通的乐趣，如果不常得到，也足以使之具有无上的价值，变得甜美无比。从船里出来，他摸出他那可怜的两文钱来付船资。后来我抢先付了，还暗暗害怕他会感到恼火，颤声请他把钱收起来。他一点儿也没生气，他似乎很懂得我的确出于好意，尤其是当我得知他年纪比我还要大就伸手扶他下船时，他更感动了。谁能相信我为此竟十分孩子气地放声大哭起来了呢？我非常想在他的手心里放一枚二十四苏的银币，好让他去买点烟抽，但我始终没敢。同样的一份羞怯之情常常会阻碍我做类似的原本会令我十分欢喜的好事，到了最后我往往只能为自己的软弱和无能而扼腕叹息。不过这一次离开这位残疾老军人之后，我在想，如果这样的热心肠里掺进了金钱的意味，玷污了它原本的那份圣洁，降低了它原本的那份公道，可不是违反了我自己的原则吗？当别人有所需要时，我们确实应当尽快伸出援手，但在日常生活中，我们则应听凭我们天性中原有的善良和高尚去自行其是，绝不能让这圣洁的心源沾染上一点点唯利是图、贪婪重财的东西，那会使它腐败变质的。相信在荷兰，连问个时间、问个路都要收钱。如此说来，这真是个可鄙的民族，因为他们连人类最为淳朴的道义也要标价出卖。

我发现，只有在欧洲，接待客人是明码标价

的，在整个亚洲，人们都是免费让客人留宿的。我知道也许在那里的确没那么多奢华的享受条件。但是当我们能对自己说：我是人，受到了人的款待，这一切又还算得了什么呢？纯洁的人性为我们提供了安身之所。如果心灵能受到很好的对待，肉体上小小快感的损失根本没有痛苦可言。

漫步之十

　　今天是圣枝主日，我认识华伦夫人已整整五十年了[1]。那时她二十八岁，正好与本世纪同龄[2]。我则还没满十七岁，也不曾知道自己那尚未定型的性格会为她那颗充满活力的心注入新的温情。如果说她对一个温柔谦逊又不乏活力的

1　卢梭的这篇漫步写于1778年4月12日，距离他在1728年圣枝主日与华伦夫人初次见面恰好整整五十年。5月12日，卢梭离开巴黎迁居他处，7月份猝然去世，这篇漫步因而也就未能完成。

2　在《忏悔录》中，卢梭曾说："她是和本世纪一同诞生的，当时二十八岁。"实际上华伦夫人出生于1699年。

英俊少年抱有好感不是什么值得大惊小怪的事的话，那么，这样一个机智优雅、风韵十足的女人，我会对她怀有一种类似感激又不尽然的最最温存的情感，就更不足为奇了。奇怪的却是这最初相见的一瞬竟会决定了我的一生，仿佛有条链子似的无可避免地连贯下去，我余生里的命运就全交给了它。而那时，我身心各方面都还不够成熟，还未曾具有什么可贵的品质，灵魂也没有定型，依然在等待着能有所确定的那一时刻。虽然这次相遇加速了这个时刻的到来，却也不曾来得很早，因为我所接受的教育告诉我的都是些简单质朴的伦理道德，我便只是想看着这种爱情与纯洁在心中并存的甜蜜短暂的状态延续下去。可就在此时却让我离开了她[1]。所有一切都要让我念

---

[1] 卢梭与华伦夫人初次见面后不久，华伦夫人就把他送往都灵的一个天主教教养院。

叨她，我必须回到她身边。这次回返决定了我的命运，其实早在真正拥有她之前，我就只活在她的世界里，只为她而存活。啊！如果我的存在也曾使她心满意足、别无他求，如同她就是我的全部一般，那该有多好啊！我们在一起的时光又会是多么安宁和甜美！我们是有过这样的日子，可真是转瞬即逝，着实太短了，随之而来的又是什么样的命途啊！每天每天，我都满怀喜悦、满怀感动地忆起生命中这段绝无仅有的短暂时光，此时我才是真正完整的我，纯正、无阻，才是在真正享受生活。就像从前韦斯帕芗统治下有位法官被贬谪乡间，在那儿颐养天年时所说的一句话："我在这世上活了七十年，可真正可称之为生活的，只有七年。"[1]如果不曾有这珍贵的瞬间，也

1　出自卡西乌斯·狄奥的《罗马史》，但这里卢梭有误，当时的皇帝应是哈德良而非韦斯帕芗。

许我至今还不甚明白我自己，像我这样一个软弱无用、任人左右的人，在一生其余时间里，都为别人的激情所摆布、震荡和纠结。这样风风雨雨的日子里我差不多完全处在被动地位，总是被不得已而为之的事情压得喘不过气来，即使是自己亲为，也没多少心甘情愿的成分在里面。然而就在这短短几年里，我享受着这样一位善良、温存的女人的爱情，我做着我想做的事，做着我想做的人，把我的闲暇充分利用起来。在她的教导和示范下，我终于使自己这颗依然纯稚如初的灵魂得到了一种越来越合适，并且永远保留了下去的形式。对孤寂和冥思的兴味，伴随着我心赖以为生的外向而温柔的情感，在我心中不断地滋长着。喧嚣和嘈杂会束缚乃至窒灭我的情感，而平静和安宁却能使之重燃且激昂起来。我只有在静心冥思时才有爱的能力。我说服了妈妈[1]到乡间去住一阵子，我们的避难所就是山坡上的一座孤零零的小屋，也就是在那儿，虽然只有四五年的时间，我却享受到了一世的纯净丰满的幸福生活，它的魅力遮住了我的命运所呈现出来的一切可怕之处。我需要一个称心的情人，我正拥有着她；我渴慕乡间的生活，我也得到了；我无法忍受束缚，我又完全自由，也许比自由更好，我只听从我的爱好，做我愿意做的事情。我所有的时间都充满情意绵绵的关怀，充满一派田园风光。除了希望这种状态能一直延续下去，我再也别无他求。我唯一的痛苦就是害怕好景不长，这害怕不是毫无来由的，因为我们的处境的确出现了困难。后来我就一直想找些事来分散我的这种忧

1　卢梭自回到华伦夫人身边起就称她为妈妈。

虑，同时这些事也是我用来防止日后可能产生的恶果的办法。我觉得储备一些才干是对付困境的最好手段，因此我下定决心在我的闲暇时间着手做些准备，从而，如果有可能的话，来报答我从这个最最出色的女人那里所得到的帮助。

再版后记

袁筱一

转眼间，距离我最初译《一个孤独漫步者的遐想》也过去了二十多年的时间。卢梭依然是我唯一译过的一位非当代法国作家，也依然是距离我的趣味最远，却是最畅销的一位作家。他甚至还是真正意义上的，我唯一进行"复译"的一位作家，完全不是因为对已有的译本不满，而是因为偶然。

对于中国人来说，卢梭是个响当当的名字。

现在想来，这可能是我在非常年轻的时候，愿意承接复译《一个孤独漫步者的遐想》的重要原因。一百多年前，卢梭凭借一本《社会契约论》成为最早进入中国的西方思想家之一。《社会契约论》甚至一经传入便成了医治当年陷入内外交困境况的中国的"良方"。这当然绝非偶然。在法国大革命后的欧洲，为革命做了许许多多思想铺垫的卢梭也是炙手可热的人物，相比较他在中国的经历和形象，只是没有这么"神"而已。

卢梭出生于瑞士日内瓦的一个钟表匠家庭，祖上因为逃避对新教教徒的迫害来到瑞士。虽然母亲死于产褥热，而父亲在与人发生争执、离开日内瓦后就再也没有回去过，但他被托付给舅舅（同时也是他的姑父）的童年也还算自由。命运是从他签下学徒合同开始转变的，小时候就经常"漫步"很远的他有一天再次从城外"漫步"归来，发现日内瓦城门紧闭，担心挨师傅打，于是决定逃跑。

从这个逃跑的举动诞生了日后喧闹而丰富的一段生命：其中包括出走后不久就遇到的一生挚爱，让他皈依了天主教——虽然此后又再次改宗——的华伦夫人；包括他与当时法国其他启蒙思想家，百科全书派的狄德罗、伏尔泰之间的恩怨；也包括他与社会之间的种种无法相融，出版被禁以及被迫的流亡。而这一切，在《一个孤独漫步者的遐想》中都有所记录，虽然用的是含沙射影的方式。

《一个孤独漫步者的遐想》是卢梭去世前的作品，没有全部完成，也并没有在卢梭生前出版，他甚至从来没有想过要出版它。尽管卢梭一生涉猎颇广，著述颇丰——音乐、植物学、政治哲学、小说等领域不一而足——但或许"孤独"

与"漫步"是最可以用来诠释他的人生的两个词。前者可以用来形容他的境遇,后者则可以用来定义他的行动和写作。

《一个孤独漫步者的遐想》的开篇,卢梭就交代了他的孤独:"我就这样在这世上落得孤单一人,再也没有兄弟、邻人、朋友,没有任何人可以往来。"如果对照他处的那个时代,卢梭的孤独境遇其实并不难理解,这也许是思考先于时代的人必须付出的代价,同时也是一个没有稳固社会地位的思想家的必然结果。在《论科学与艺术》中,卢梭写道:"任何时代都有为时代、国家和社会所驯服的人;当今的主流思想和哲学正是如此,因而,出于同样的理由,当今的主流思想和哲学也不过是时代的同盟而已。倘若我们想超越自己的时代,那写作完全不能是为着这类读者。"当然,卢梭的孤独不完全是浪漫的——尽管他的确是即将到来的浪漫主义文学的先驱——还有特立独行和意欲超越时代的野心。正因为没有受到任何教育体系的束缚，在文盲比例还很高的十七、十八世纪的欧洲，卢梭多少也算是个知识精英中的异类：有足够的天赋、感性和自我教育的能力；正因为他不属于任何一个既得利益的阶层，他对时代的所谓"进步"始终保持足够的清醒，但又不至于坠入"怀旧""保皇"的套路里。的确，在资产阶级上升，君权摇摇欲坠，大革命即将来临前夕，他竟然指出可预期的、建立在利益交换基础上的社会同样是"不平等"的，是道德的堕落和幸福的毁灭，这是何等的"妄言"！而且比巴尔扎克早了一百年。也难怪在1757年的年初，狄德罗将自己的剧作《私生子》寄给卢梭，卢梭在其中读到了这样一句让他感到无比刺痛的话，即"好人融入社会，只有坏人是孤独的"，从此开始了与曾经的朋友之间的各种——用时下流行的话来说——"撕"。

也难怪，在没有完成的《一个孤独漫步者的遐想》里，我们能读到的最后一章是写华伦夫人。这样"一个善良、温存的女人"，才是孤独灵魂的唯一救赎，而且和他在一起生活也不过是"四五年的时间"，并不是普通意义上的生活伴侣，而是"纯净丰满的幸福生活"的象征和想象。

对于一个没有同伴且无法融入社会的人来说，政治实践当然不是他的首要担忧，这也允许卢梭的一生都可以在"漫步"中度过。人生自漫步开始，也至遐想——精神意义的漫步——止。开始的居无定所，包括精神上的居无定所多少是一种被迫，后来则是带有主动意义的人格意义的构建，和他的写作方式相得益彰。在法国文学史上，卢梭是多个层面的先驱：浪漫主义的先驱，自我虚构的先驱，忏悔文体的先驱，包括混淆文学类别的先驱……其实也和他不受任何主义的清规戒律的束缚相关。卢梭不太在意既定的写作程式，也不太在意思想的体系，想到哪里写到哪里，亦即所谓寻求"内心的真实"。这还真的赋予《一个孤独漫步者的遐想》以额外的价值，在能够借助微信、微博乃至各种自媒体平台随时表达肆意情感的今天，在我们的阅读与思考越来越倾向于碎片化的时代，卢梭难道不正是给了我们一种亲切的感觉和阅读的理由吗？只是他倘若活到今天，看到"内心的真实"完全沦为语言世界里的自我玩味，不知道会作何感想。

凡此种种，却都可以成为我们阅读卢梭的理由：出于好奇，出于喜欢——卢梭确也是值得喜欢的，相较于古典主义的节制而言，其优雅、清新的文体在翻译文学中很占便宜——出于崇拜，出于对历史的追究，出于纯粹的对法国文学的趣味。

再或者，仅仅是出于对青春的纪念。我一直以为，孤独、漫步（身体的或者精神的）应该是大部分人在青春时代最向往的境遇和行动。因为它们还有一个别名，叫作自由。

2016 年 9 月 8 日

让-雅克·卢梭年表

1712年

6月28日生于瑞士日内瓦。父亲是钟表匠，母亲在他出生后九天因产褥感染过世。

1725年

被舅父送到公证人马斯隆先生处打杂，之后在雕刻师杜康曼家做学徒。

1728年

担心挨打，从雕刻师家逃跑，离开日内瓦。到法国安讷西市后，结识华伦夫人，被送去都灵修道院和音乐学校。

1740—1741年

在里昂马布利神父家当家庭教师，结识孔狄亚克。

1742年

移居巴黎，结识狄德罗等启蒙思想家。

1745年

与戴蕾丝·瓦瑟相识、同居。两人后来生下五个孩子，都被卢梭送去了育婴堂。伏尔泰曾就此公开抨击卢梭的私生活。

1749年
应邀为狄德罗、达朗贝尔撰写《百科全书》的音乐部分。7月，去监狱探望狄德罗时，看到《法兰西信使报》上刊登的第戎学院征文活动，决定撰文参加。

1750年
征文《论科学与艺术的复兴是否有助于使风俗日趋纯朴》获奖，由此成名，却又陷入与众多文人的笔战。

1752年
创作的歌剧《乡村占卜师》在枫丹白露上演成功。拒绝路易十五的召见和赏赐。参加音乐界的论战，写成《论法国音乐的信》。

1753年
写作《论语言的起源》。再次以《论人类不平等的起源和基础》参加第戎学院征文，未获奖。

1754年
起草《政治制度论》，其中一部分后单独出版为《社会契约论》。

1756年
将《论人类不平等的起源和基础》寄给伏尔泰，伏尔泰称之为

"反人类的新书"，卢梭随后写信回击，两人由此交恶。4月，受到埃皮奈夫人的资助，居住在蒙莫朗西村的隐庐，开始写《新爱洛依丝》。

1757年
与狄德罗等百科全书派成员交恶。

1761年
出版《新爱洛伊丝》。

1762年
先后出版《社会契约论》《爱弥儿》。《爱弥儿》在阿姆斯特丹和巴黎出版后，巴黎高等法院发出禁令，并传出消息要通缉作者。日内瓦当局也焚烧了《社会契约论》和《爱弥儿》。卢梭开始八年的逃亡生涯，性格变得敏感多疑。

1763年
放弃日内瓦公民权，迁居纳沙泰尔。

1764年
发表《山中来信》，责问日内瓦当局，为《社会契约论》和《爱弥儿》辩护。

1765年

9月6日，在莫蒂埃村的住处被丢掷石头，再度出走。

1766年

随哲学家大卫·休谟前往其英国家中避难，后因误打休谟离开。
编写《植物学术语词典》。写作《忏悔录》第一卷。

1768年

与戴蕾丝·瓦瑟结婚。

1771年

在瑞典朗读《忏悔录》，后因埃皮奈夫人的请求，朗诵会被禁止。

1775年

写成《对话录——卢梭论让-雅克》。

1776年

写作《一个孤独漫步者的遐想》，未能完成。散步时被马车撞伤。

1778年

7月2日逝世。

1794年

灵柩被迁往巴黎先贤祠。

无界文库